Edgar Allan Poe

O MISTÉRIO DE MARIE ROGÊT

Tradução de Bianca Pasqualini

www.lpm.com.br

L&PM POCKET

Coleção **L&PM** POCKET, vol. 1021

Texto de acordo com a nova ortografia.
Título original: *The Mystery of Marie Rogêt*

Este conto foi publicado na Coleção **L&PM** POCKET no livro *O escaravelho de ouro e outras histórias* (v. 912).
Esta edição na Coleção **L&PM** POCKET: fevereiro de 2012

Capa: L&PM Editores
Tradução: Bianca Pasqualini
Preparação: Patrícia Yurgel
Revisão: Lia Cremonese e Tiago Martins

CIP-Brasil. Catalogação na Fonte
Sindicato Nacional dos Editores de Livros, RJ

P798m
Poe, Edgar Allan, 1809-1849
  O mistério de Marie Rogêt / Edgar Allan Poe; tradução de Bianca Pasqualini. – Porto Alegre, RS: L&PM, 2012.
  64p.   (Coleção L&PM POCKET, v. 1021)

  Tradução de: *The Mystery of Marie Rogêt*
  ISBN 978-85-254-2570-6

  1. Ficção americana. I. Pasqualini, Bianca. I. Título. II. Série.

12-0144.   CDD: 813
                        CDU: 821.111(73)-3

© da tradução, L&PM Editores, 2010, 2012

Todos os direitos desta edição reservados a L&PM Editores
Rua Comendador Coruja, 314, loja 9 – Floresta – 90220-180
Porto Alegre – RS – Brasil / Fone: 51.3225-5777 – Fax: 51.3221.5380

Pedidos & Depto. Comercial: vendas@lpm.com.br
Fale conosco: info@lpm.com.br
www.lpm.com.br

Impresso na Gráfica Editora Pallotti, Santa Maria, RS, Brasil
Verão de 2012

Nota do Autor

Na edição original de "O mistério de Marie Rogêt", as notas de rodapé foram consideradas desnecessárias; mas o transcurso de muitos anos desde a tragédia sobre a qual o conto se baseia torna conveniente que elas sejam mantidas, além de dar algumas explicações de propósito geral. Uma jovem, *Mary Cecilia Rogers*, foi assassinada nos arredores de Nova York, e apesar de sua morte ter causado uma comoção intensa e duradoura, o mistério ligado a ela não havia sido resolvido na época em que o conto foi escrito e publicado (em novembro de 1842). Aqui, sob o pretexto de relatar a sorte de uma *grisette* parisiense, o autor seguiu, em minúcias, os principais fatos do assassinato de Mary Rogers, ao passo que comparou mais superficialmente os fatos secundários. Desse modo, toda a argumentação fundamentada na ficção é aplicável à verdade, e a investigação da verdade foi o objeto.

O conto foi escrito longe da cena onde ocorreu o crime e sem outros meios de investigação que não os fornecidos pelos jornais. Assim, muitos dos benefícios de estar no local e de visitar as redondezas escaparam ao escritor. É conveniente ressaltar, no entanto, que as confissões de *duas* pessoas (uma delas Madame Deluc, personagem nesta narrativa), em diferentes períodos, muito tempo após a publicação do conto, confirmaram integralmente não só a conclusão geral, mas absolutamente *todos* os principais detalhes hipotéticos por meio dos quais se chegou a tal conclusão.

Es giebt eine Reihe idealischer Begebenheiten, die der Wirklichkeit parallel lauft. Selten fallen sie zusammen. Menschen und zufalle modifieiren gewohulich die idealische Begebenheit, so dass sie unvollkommen erscheint, und ihre Folgen gleichfalls unvollkommen sind. So bei der Reformation; statt des Protestantismus kam das Lutherthum hervor.

Existem sucessões ideais de eventos que ocorrem paralelamente aos eventos reais. Eles raramente coincidem. Os homens e as circunstâncias costumam modificar essa sucessão ideal, logo, ela parece imperfeita, e suas consequências são também imperfeitas. Assim foi com a Reforma; em vez de protestantismo, veio o luteranismo.

Novalis* – *Morale Ansichten.*

---

* Pseudônimo de Friedrich von Hardenburg (1772-1801), poeta alemão. (N.T.)

Não há, mesmo entre os mais serenos pensadores, quem não tenha ocasionalmente sido tomado por uma sensação vaga mas excitante de fé no sobrenatural, desencadeada por coincidências cujo caráter tem aparência tão incrível que o intelecto não consegue processá-las como meras coincidências. Tais sensações – uma vez que a fé vaga a que me refiro nunca tem a força total do pensamento –, tais sensações raras vezes são contidas por inteiro, a não ser por referência à doutrina do acaso ou, como o termo técnico diz, pelo Cálculo das Probabilidades. Esse cálculo é, em essência, puramente matemático; assim, temos a anomalia do mais exato rigor científico aplicada ao que há de sombrio e espiritual na mais intangível especulação.

Os detalhes extraordinários que sou exortado a tornar públicos, como se verá, constituem a principal ramificação de uma série de coincidências quase ininteligíveis, cuja ramificação secundária será reconhecida por todos os leitores no recente assassinato de MARY CECILIA ROGERS, em Nova York.

Quando, em um conto intitulado "Os assassinatos da rua Morgue", tentei, cerca de um ano atrás, descrever algumas características bastante notáveis da natureza mental do meu amigo, o *Chevalier** C. Auguste Dupin, não me ocorreu que eu nunca esgotaria o assunto. A descrição era o que

---

* *Chevalier*, ou cavaleiro, quinta categoria de condecorações honoríficas da Ordem Nacional da Legião de Honra francesa, instituída por Napoleão a veteranos de guerra. (N.T.)

constituía o meu propósito, e tal propósito foi inteiramente cumprido na sucessão frenética de circunstâncias escolhidas para exemplificar as idiossincrasias de Dupin. Eu poderia ter fornecido outros exemplos, porém pouco mais seria provado. Eventos recentes, entretanto, em seu desenvolvimento surpreendente, conduziram-me a detalhes adicionais, os quais trazem consigo ares de confissão forçada. Tendo ouvido o que recentemente ouvi, seria mesmo estranho eu me calar diante do que presenciei tanto tempo atrás.

No desenrolar da tragédia envolvida nas mortes de Madame L'Espanaye e sua filha, o *Chevalier* descartou o assunto na mesma hora e reincidiu em seu costumeiro mau humor ensimesmado. Com minha tendência a distrair-me em todos os momentos, prontamente me deixei vencer pelo humor dele. E enquanto ocupávamos nossos cômodos no Faubourg Saint Germain, jogamos o Futuro ao vento e adormecemos tranquilos no Presente, tecendo em sonhos o maçante mundo à nossa volta.

No entanto, esses sonhos não foram totalmente ininterruptos. De imediato, pode-se supor que não havia arrefecido na opinião da polícia parisiense a impressão causada pelo papel desempenhado por Dupin no drama da rua Morgue. Entre seus emissários, o nome de Dupin havia se tornado popular. Não surpreende que o caso tenha sido considerado quase como um milagre – nem que a capacidade analítica do *Chevalier* tenha sido atribuída à intuição – em virtude de o caráter simples das induções por meio das quais ele havia desenredado o mistério nunca ter sido explicado nem ao delegado nem a ninguém mais a não ser eu. Sua franqueza teria levado Dupin a corrigir qualquer pré-julgamento de quem lhe interrogasse. Mas seu temperamento indolente impediu qualquer discussão adicional sobre um tópico cujo interesse, para Dupin, há muito havia cessado. Foi assim que ele se viu no centro das atenções da polícia, e não foram poucos os casos em que tentaram usar seus serviços. Um dos casos mais dignos de nota foi o assassinato de Marie Rogêt.

O evento ocorreu cerca de dois anos após os crimes da rua Morgue. Marie, cujo nome de batismo e sobrenome chamam de imediato atenção por sua semelhança ao nome da moça assassinada em Nova York, era a única filha da viúva Estelle Rogêt. O pai havia morrido quando ela era criança, e, da época da morte dele até dezoito meses antes do assassinato que constitui o objeto desta narrativa, mãe e filha haviam morado na Rue Pavée Saint Andrée*, onde a sra. Rogêt administrava uma pensão com a ajuda da filha. Tudo correu normalmente até Marie completar o vigésimo segundo aniversário, quando sua imensa beleza atraiu a atenção de um perfumista que ocupava uma das lojas do subsolo do Palais Royal e cuja clientela era composta sobretudo pelos aventureiros desesperados que infestavam aquela vizinhança. Le Blanc não ignorava as vantagens que a presença da bela Marie traria a seu estabelecimento, e sua proposta generosa foi aceita com entusiasmo pela moça, ainda que com uma certa hesitação por parte de Madame Rogêt.

As expectativas do comerciante se concretizaram, e em pouco tempo sua loja ficou famosa por conta do charme da jovial funcionária. Ela estava trabalhando com ele havia cerca de um ano quando seus admiradores foram acometidos por uma grande confusão em virtude de seu desaparecimento repentino da loja. O sr. Le Blanc não tinha como explicar a ausência da moça, e Madame Rogêt foi tomada por grande ansiedade e temor. Os jornais imediatamente exploraram o tema, e a polícia estava prestes a começar uma investigação quando, numa bela manhã, após o lapso de uma semana, Marie, em boa saúde mas com aspecto um tanto abatido, retomou o posto atrás do balcão na perfumaria. Todas as investigações, a não ser as de natureza privada, foram, é claro, imediatamente abafadas. O sr. Le Blanc professou total ignorância, como antes. Marie, com Madame Rogêt, respondeu a quem lhe perguntou que passara a semana na

---

* No caso verdadeiro, rua Nassau. (N.A.)

casa de um parente no interior. Assim, o caso esfriou e foi esquecido. Já a moça, sem dúvida a fim de escapar da impertinência da curiosidade, logo se despediu do perfumista e buscou o abrigo da casa de sua mãe, na Rue Pavée Saint Andrée.

Mais ou menos cinco meses depois, os amigos de Marie ficaram alarmados por um segundo desaparecimento. Três dias se passaram sem notícias dela. No quarto dia, seu corpo foi encontrado boiando no Sena*, perto da margem oposta ao distrito da Rue Saint Andrée e em um ponto não muito distante da isolada vizinhança do Barrière du Roule.**

A brutalidade do assassinato (pois ficou evidente que um assassinato havia sido cometido), a juventude e a beleza da vítima e, acima de tudo, sua prévia notoriedade conspiraram para produzir uma intensa comoção na impressionável opinião pública dos parisienses. Não me recordo da ocorrência de nenhum evento semelhante que tenha causado efeitos tão generalizados e profundos. Por diversas semanas, com a discussão de um tema tão envolvente, até mesmo tópicos políticos importantes na ordem do dia foram esquecidos. O delegado fez esforços incomuns, e a força policial parisiense inteira foi, é claro, mobilizada à exaustão. Quando se descobriu o corpo, não se supunha que o assassino pudesse esquivar-se, por mais do que um breve período, da investigação recém-iniciada. Foi somente após o término da primeira semana que se considerou necessário oferecer uma recompensa. E, mesmo assim, a recompensa foi limitada a mil francos. Nesse meio-tempo, a investigação prosseguiu vigorosa, ainda que nem sempre levada com discernimento, e muitos indivíduos foram investigados sem qualquer propósito. Enquanto isso, devido à contínua ausência de pistas para o mistério, a agitação popular aumentou gravemente. Ao fim do décimo dia, julgou-se recomendável redobrar a soma originalmente oferecida. E, por fim, trans-

---

* O Hudson. (N.A.)

** Weehawken. (N.A.)

corrida a segunda semana sem nenhuma nova descoberta e com a profunda desconfiança, em diversas *émeutes**, que sempre existiu em Paris em relação à polícia, o delegado se encarregou de oferecer, ele mesmo, a soma de vinte mil francos "pela condenação do assassino" ou, se houvesse prova de que mais de um criminoso estava implicado, "pela condenação de qualquer um dos assassinos". Na declaração em que se anunciou a recompensa, um indulto total foi prometido ao cúmplice que apresentasse evidências contra seu parceiro, e foram afixados, onde quer que ficassem visíveis, cartazes feitos por um comitê de cidadãos oferecendo dez mil francos, que seriam somados à quantia proposta pela chefatura de polícia. A recompensa inteira ficou em não menos que trinta mil francos, uma soma extraordinária se levarmos em conta a situação humilde da moça e a notável frequência, em cidades grandes, de atrocidades como a aqui descrita.

Ninguém duvidava que o mistério desse crime seria imediatamente esclarecido. No entanto, ainda que em uma ou duas instâncias tenham sido feitas detenções que prometiam conduzir a uma elucidação, nada se revelou que pudesse implicar os suspeitos, os quais foram liberados. Por estranho que pareça, a terceira semana desde a descoberta do corpo passou, e passou sem que se lançasse luz sobre o assunto e sem que qualquer rumor sobre os eventos que consternaram a opinião pública alcançassem os ouvidos de Dupin ou os meus. Ocupados em pesquisas que absorviam nossa total atenção, já passara quase um mês desde que um de nós havia saído de casa, recebido uma visita ou dado uma olhadela que fosse aos principais artigos sobre política de um dos jornais diários. A primeira informação sobre o crime foi trazida por G. em pessoa. Ele apareceu no início da tarde do dia 13 de julho de 18... e ficou conosco até tarde da noite. Estava irritado com seu fracasso em desentocar

---

* Foco de tumulto, desordem, agitação pública. Em francês no original. (N.T.)

os assassinos. Sua reputação – assim ele afirmou com um ar peculiarmente parisiense – estava em jogo. Inclusive sua honra estava em risco. Os olhos do público se punham sobre ele, e não havia sacrifício que ele não estivesse disposto a fazer pela resolução do mistério. Concluiu seu discurso um tanto cômico com um elogio ao que, com satisfação, denominou o *tato* de Dupin e lhe fez uma proposta direta, e certamente generosa, que eu não me sinto no direito de revelar, mas que não influencia em nada o assunto da minha narrativa.

O elogio meu amigo refutou como pôde, mas a proposta ele aceitou de imediato, embora as vantagens fossem totalmente efêmeras. Estabelecido isso, o delegado irrompeu a explicar sem delongas seus pontos de vista, intercalando-os com longos comentários sobre as evidências, das quais ainda não tínhamos posse. Ele discorreu bastante, sem dúvida de forma instrutiva, e eu arriscava sugestões ocasionais enquanto a noite se arrastava, sonolenta. Dupin, sentado imóvel em sua poltrona, era a personificação da atenção respeitosa. Ele usou seus óculos durante toda a conversa, e uma espiada ocasional por debaixo de suas lentes verdes foi suficiente para me convencer de que ele não havia dormido tão profunda quanto silenciosamente ao longo das sete ou oito horas desenfreadas que precederam a partida do delegado.

Na manhã seguinte providenciei, na delegacia, um relatório completo com todas as evidências levantadas e, em vários jornais, cópias de todos os artigos nos quais, do início ao fim, tivessem sido publicadas quaisquer informações decisivas a respeito do triste caso. Livre de tudo que havia sido categoricamente invalidado, todo esse aglomerado de informação indicou o seguinte:

Marie Rogêt deixou a residência da mãe, na Rue Pavée Saint Andrée, perto das nove horas da manhã de domingo, dia 22 de junho de 18... Ao sair, avisou ao sr. Jacques St.

Eustache*, e a ele somente, sua intenção de passar o dia com uma tia, que residia na Rue des Drômes. A Rue des Drômes é uma via curta e estreita, apesar de populosa, não muito distante das margens do rio e que fica a cerca de três quilômetros, seguindo o caminho mais direto possível, da pensão da sra. Rogêt. St. Eustache era o namorado de Marie, o qual pernoitava e fazia suas refeições na pensão. Ele ficou de buscar a namorada ao anoitecer e acompanhá-la até em casa. À tarde, entretanto, caiu uma chuva fortíssima, e, supondo que ela passaria a noite na casa da tia (conforme havia feito anteriormente em circunstâncias semelhantes), ele achou desnecessário manter sua promessa. Com o cair da noite, ouviu-se a sra. Rogêt (uma idosa enferma, de setenta anos de idade) manifestar seu temor "de que nunca mais veria Marie". Essa observação não chamou atenção naquele momento.

Na segunda-feira, averiguou-se que a moça não havia estado na Rue des Drômes e, tendo o dia transcorrido sem notícias dela, buscas tímidas foram iniciadas em diversos pontos da cidade e nos arredores. Foi somente no quarto dia após seu desaparecimento que se apurou qualquer informação satisfatória a respeito dela. Nesse dia (quarta-feira, 25 de junho), o sr. Beauvais**, que, com um amigo, procurava por Marie perto do Barrière du Roule, na margem do Sena oposta à Rue Pavée Saint Andrée, recebeu a informação de que um corpo foi retirado do rio por pescadores que o haviam encontrado boiando. Ao ver o cadáver, Beauvais, após certa hesitação, identificou-o como o corpo da moça da perfumaria. Seu amigo a identificou mais prontamente.

O rosto dela estava tingido por um sangue escuro, em parte expelido pela boca. Não se encontrou espuma, como ocorre com os meramente afogados. Não havia descoloração da pele. Na área da garganta havia hematomas e marcas de

---

* Payne. (N.A.)

** Crommelin. (N.A.)

dedos. Os braços estavam dispostos sobre o peito e rígidos. A mão direita estava fechada; a esquerda, parcialmente aberta. No pulso esquerdo havia duas escoriações circulares, aparentemente causadas por cordas ou por uma corda enrolada em espiral. O pulso direito também estava bastante esfolado, assim como toda a extensão das costas, em especial as omoplatas. Ao carregarem o corpo até a margem, os pescadores o amarraram com cordas, mas nenhuma escoriação foi afetada. O pescoço estava muito inchado. Não havia cortes aparentes nem hematomas que sugerissem pancadas. Um pedaço de tecido estava amarrado com tamanha força ao redor do pescoço que não dava para vê-lo, pois estava completamente afundado na carne e preso por um nó logo abaixo da orelha esquerda. Isso por si só seria suficiente para causar a morte. O laudo médico determinou sem hesitação a castidade da vítima. Ela foi submetida, segundo o laudo, a uma violência brutal. O corpo estava em uma condição tal ao ser encontrado que não haveria dificuldade em ser reconhecido por amigos.

O vestido estava todo esfarrapado e desarrumado. Da parte exterior de suas roupas, um retalho de cerca de trinta centímetros de largura fora rasgado para cima a partir da bainha inferior até a cintura, mas não foi arrancado. Ele dava três voltas ao redor da cintura e estava preso por uma espécie de laço nas costas. As anáguas por debaixo da túnica eram de musselina fina, e dali um retalho de cerca de 45 centímetros fora totalmente extraído – uniformemente e com grande cuidado. Esse pedaço circundava o pescoço, bastante frouxo e preso por um nó firme. Sobre esse retalho de musselina e o retalho rasgado a partir da bainha, as alças do sutiã foram atadas, junto com o sutiã. O nó que unia as alças do sutiã não era um nó simples, mas sim um nó de marinheiro.

Após o reconhecimento do corpo, ele não foi, como seria o costume, levado ao necrotério (pois era uma necessidade supérflua), mas sim enterrado às pressas perto de onde os pescadores o depuseram. Por causa do empenho de Beauvais, o assunto foi criteriosamente abafado, tanto quanto possível, e vários dias se passaram antes que se manifestasse qualquer perturbação pública. Um jornal semanal*, no entanto, abordou o tema em minúcias. O corpo foi exumado e uma nova investigação foi instituída, mas nada se obteve além do já observado. As roupas, no entanto, foram mostradas à mãe e aos amigos da falecida e identificadas como as que a moça trajava ao sair de casa.

Nesse meio-tempo, a excitação em torno do crime não parava de aumentar. Diversos indivíduos foram presos e liberados. St. Eustache era um dos principais suspeitos, e ele não conseguiu, de início, dar uma explicação plausível sobre onde andou no domingo em que Marie saiu de casa. Logo em seguida, entretanto, ele ofereceu ao sr. G. um depoimento juramentado em que esclareceu de modo satisfatório seu paradeiro em cada hora do dia em questão. Conforme o tempo passava e não surgiam novas descobertas, milhares de rumores contraditórios começaram a circular, e os jornalistas passaram a se ocupar com *boatos*. Entre eles, o que mais atraiu atenção foi a ideia de que Marie Rogêt ainda estava viva – que o corpo encontrado no Sena pertencia a alguma outra infeliz. É conveniente que eu ofereça ao leitor alguns trechos que ilustrem o referido boato. Estas passagens são traduções *literais* do *L'Étoile***, um jornal administrado com muita competência.

"A srta. Rogêt deixou a casa de sua mãe no domingo, dia 22 de junho, pela manhã, com o objetivo declarado de ir visitar sua tia, ou algum outro parente, na Rue des Drômes. A partir daquela hora, não há provas de que alguém a tenha visto. Não há rastro nem nenhuma notícia dela. (...) Entretanto, ninguém até agora declarou tê-la encontrado naquele dia após a moça ter saído da casa da mãe. (...)

---

* *The New York Mercury*. (N.A.)

** O *Brother Jonathan* nova-iorquino, editado pelo Ilmo. H. Hastings Weld. (N.A.)

Agora, apesar de não haver evidências de que Marie Rogêt pertencia ainda ao mundo dos vivos após as nove horas da manhã do domingo, dia 22 de junho, temos provas de que, até aquela hora, ela estava viva. Na quarta-feira ao meio-dia, um corpo feminino foi encontrado boiando perto da margem do Barrière du Roule. Isso ocorreu, ainda que se presuma que Marie Rogêt tenha sido jogada no rio dentro de três horas depois de ter deixado a casa da mãe, apenas três dias após ter saído de casa – três dias e uma hora. Mas é uma tolice acreditar que o assassinato, se é que seu corpo sofreu assassínio, tenha sido cometido cedo a ponto de permitir que os criminosos jogassem seu corpo no rio antes da meia-noite. Os culpados de crimes tão hediondos preferem a escuridão à luz. (…) Assim, vemos que, se o corpo encontrado no rio *era* o de Marie Rogêt, ele somente poderia estar na água há dois dias e meio ou então ficara três dias fora da água, na margem. Todas as experiências mostram que cadáveres de afogados ou corpos jogados na água imediatamente após uma morte violenta requerem entre seis a dez dias para chegar a um grau de decomposição que os traga à tona. Mesmo quando um cadáver libera gases e emerge antes de ficar submerso ao menos cinco ou seis dias, ele submerge novamente se não sofrer nenhuma outra interferência. Assim, questionamos, o que houve neste caso que interrompeu o curso normal da natureza? (…) Se o corpo tivesse sido mantido em seu estado mutilado na margem do rio até terça-feira à noite, algum vestígio dos assassinos teria sido ali encontrado. Questiona-se, da mesma forma, se o corpo emergiria tão cedo, ainda que tenha sido jogado na água dois dias após a morte. Além disso, é muitíssimo improvável que qualquer bandido que tenha cometido um crime como este em questão jogasse o corpo na água sem um peso que o submergisse, quando tal precaução poderia ter sido tomada com facilidade."

O jornalista, nesse ponto, começa a argumentar que o corpo deve ter ficado na água "não meramente três dias, mas no mínimo cinco vezes isso", porque seu estado de decomposição estava tão avançado que Beauvais teve dificuldade em fazer o reconhecimento. Este último ponto, no entanto, foi refutado por completo. Prossigo com a tradução:

"Quais são os fatos, então, baseado nos quais o sr. Beauvais afirma não ter dúvida de que o corpo encontrado é o de Marie Rogêt? Ele rasgou a manga do vestido e afirmou ter visto marcas que o convenceram acerca da identidade da morta. A opinião pública supôs que se tratava de algum tipo de cicatriz. Ele esfregou seu braço e encontrou *pelos* sobre ele – algo tão impreciso, acreditamos, como pode ser prontamente imaginado –, algo tão pouco conclusivo quanto encontrar um braço sob uma manga. O sr. Beauvais não retornou naquela noite, mas mandou avisar a sra. Rogêt, às sete horas, na noite de quarta-feira, que uma investigação sobre sua filha estava em andamento. Se admitirmos que a sra. Rogêt, devido à idade e ao sofrimento, não podia locomover-se (o que é admitir muito), seria de se esperar que alguém achasse conveniente ir até lá e ocupar-se da investigação, se havia suspeitas de que o corpo era de Marie. Ninguém foi. Nada se escutou nem foi dito sobre o assunto na Rue Pavée St. Andrée que tenha chegado aos ouvidos nem ao menos dos ocupantes da mesma casa. O sr. St. Eustache, namorado e futuro marido de Marie e hóspede da pensão da mãe desta, declarou que só soube da descoberta do corpo de sua prometida na manhã seguinte, quando o sr. Beauvais entrou em seu quarto e lhe contou. Em se tratando de uma notícia como essa, espanta-nos tão fria recepção."

Dessa forma, o jornal empenhou-se em criar uma impressão de apatia por parte dos familiares de Marie, o que não condiz com a suposição de que a família acreditasse que o corpo era dela. Essas insinuações levam ao seguinte: que Marie, com a conivência de seus amigos, havia deixado a cidade por motivos relacionados a uma denúncia contra sua castidade, e que tais amigos, quando da descoberta de um corpo que se parecia um pouco com a moça, resolveram tirar vantagem da oportunidade para impressionar a opinião pública com a convicção em sua morte. Mas o *L'Étoile* de novo se precipitara. Ficou provado que não houve, como se imaginou, apatia nenhuma; que a sra. Rogêt estava muitíssimo chocada e tão perturbada que ficou incapacitada de cumprir qualquer obrigação oficial; que St. Eustache, longe de receber a notícia com frieza, ficou transtornado com o sofrimento e agiu com tamanho frenesi que o sr. Beauvais convenceu um amigo e parente a tomar conta dele e evitar que ele comparecesse à exumação. Além disso, apesar de o *L'Étoile* ter afirmado que o corpo foi enterrado novamente às custas do dinheiro público, uma oferta vantajosa de uma sepultura particular foi terminantemente recusada pela família, e ninguém da família compareceu ao velório – embora tudo isso tenha sido declarado pelo *L'Étoile* para fomentar a impressão que o jornal se propunha a fomentar –, ainda assim, *tudo* isso foi satisfatoriamente desmentido. Em um número subsequente do jornal, foi feita uma tentativa de jogar as suspeitas sobre o próprio Beauvais. O editor disse:

"Agora, um desdobramento surge sobre o caso. Contaram-nos que, em uma ocasião, enquanto a sra. B. estava na casa da sra. Rogêt, o sr. Beauvais, que estava de saída, disse-lhe que um gendarme estava indo para lá, a quem, entretanto, ela não deveria dizer nada até que Beauvais retornasse, que deixasse aquele assunto para ele resolver. (...) No presente estado de coisas, o sr. Beauvais parece ter a questão encerrada em sua cabeça. Nem um único passo pode ser dado sem o sr. Beauvais pois, para qualquer lado que andemos, acabaremos por nos opor a ele. (...) Por alguma razão, ele determinou que ninguém deve se envolver com providências a serem tomadas que não ele mesmo e escanteou os parentes do sexo masculino, tirando-os do caminho de uma maneira muito singular, de acordo com suas declarações. Ele parece ser ferrenhamente contrário a permitir que os familiares vejam o corpo."

Por meio do fato a seguir, floreou-se a suspeita que recaía então sobre Beauvais. Um visitante em seu escritório, alguns dias antes do desaparecimento da moça e durante a ausência de Beauvais, viu *uma rosa* no buraco da fechadura da porta e o nome "*Marie*" escrito no quadro-negro pendurado ao lado. A impressão geral, conforme pudemos extrair dos jornais, parecia ser de que Marie havia sido vítima de *uma gangue* de facínoras – que a haviam carregado através do rio, maltratado e assassinado. O *Le Commerciel**, no entanto, um periódico de influência abrangente, combateu essa ideia com determinação. Cito uma ou outra passagem de suas matérias:

"Estamos convencidos de que a busca até agora partiu de falsas suspeitas, no que tange a concentrar-se no Barrière du Roule. É impossível que uma pessoa tão conhecida por todos como essa moça tenha passado por três quarteirões sem que ninguém a tenha visto, e quem quer que a tivesse visto iria lembrar-se, pois quem a conhecia a queria bem. Foi quando as ruas estavam cheias de gente que ela saiu. (…) É impossível que ela possa ter saído do Barrière du Roule ou da Rue des Drômes sem ser reconhecida por uma dúzia de pessoas; todavia, ninguém que a tenha visto sair se manifestou, e não há evidências, com exceção do testemunho a respeito da *intenção declarada* da moça, de que ela sequer saíra. (…) Seu vestido estava rasgado, enrolado em torno do seu corpo e amarrado, e ela foi carregada como um embrulho. Se o crime tivesse sido cometido no Barrière du Roule não haveria necessidade de tais preparativos. O fato de o corpo ter sido encontrado boiando perto do Barrière nada prova sobre o local a partir do qual ele foi jogado no rio. (…) Um pedaço das anáguas da pobre moça, de sessenta centímetros de comprimento e trinta de largura, foi rasgado, enlaçado ao redor do pescoço e amarrado na nuca, provavelmente para impedir gritos. Isso foi feito por indivíduos que não traziam lenços consigo."

---

* O *Journal of Commerce* nova-iorquino. (N.A.)

Entretanto, um ou dois dias antes de o delegado nos contatar, uma informação importante chegou até a polícia e pareceu deitar por terra ao menos as partes principais da argumentação do *Le Commerciel*. Dois meninos, filhos da sra. Deluc, enquanto perambulavam pela floresta perto do Barrière du Roule, penetraram por acaso em um bosque fechado, onde encontraram três ou quatro pedras grandes que formavam um tipo de banco com encosto para as costas e para os pés. Sobre a pedra superior havia uma anágua; sobre a segunda, um lenço de seda. Uma sombrinha, luvas e um lenço de bolso também foram ali encontrados. O lenço ostentava o nome "Marie Rogêt". Fragmentos do vestido foram descobertos nos arbustos ao redor. A terra estava pisoteada, os arbustos estavam quebrados e havia evidências de luta. No caminho entre o bosque fechado e o rio, as cercas foram derrubadas e o solo apresentava evidências de que algo pesado fora arrastado por ali.

Um jornal semanal, o *Le Soleil**, fez os seguintes comentários sobre as descobertas – comentários que ecoaram o sentimento de toda a imprensa parisiense:

"Evidentemente todas aquelas coisas haviam estado lá por três ou quatro semanas no mínimo; estavam muito mofadas pela ação da chuva e como que grudadas por causa do mofo. A grama cresceu em volta e sobre alguns dos itens. A seda da sombrinha era forte, mas seus fios criaram nós. A parte de cima, onde ela havia sido dobrada, estava toda embolorada e apodrecida e se rasgou quando a sombrinha foi aberta. (...) Os pedaços do vestido que foram rasgados pelos espinhos dos arbustos tinham cerca de oito centímetros de largura e quinze de comprimento. Um dos retalhos era parte da bainha, que havia sido remendada; o outro retalho era parte do corpo da saia, e não da bainha. Elas pareciam faixas que tivessem sido rasgadas e estavam sobre o espinheiro, a cerca de trinta centímetros do chão.

---

* O *Saturday Evening Post* da Filadélfia, editado pelo Ilmo. C.I. Peterson. (N.A.)

(…) Não resta dúvida de que se descobriu o local daquela chocante indignidade."

Como consequência dessas descobertas, novas evidências surgiram. A sra. Deluc testemunhou que mantinha uma pensão de beira de estrada perto da margem do rio oposta ao Barrière du Roule. A vizinhança é isolada – particularmente isolada. É o refúgio dominical de salafrários da cidade, que cruzam o rio de barco. Por volta das três horas, na tarde do domingo em questão, uma moça chegou à pensão, acompanhada por um rapaz de tez morena. Os dois ficaram ali por algum tempo. Ao partirem, pegaram a estrada em direção a um bosque que ficava nas redondezas. A sra. Deluc prestou atenção nas roupas que a moça vestia, pois lhe lembravam as de uma parenta falecida. O lenço lhe atraiu em especial. Logo após a saída do casal, apareceu um bando de cafajestes, os quais se comportaram ruidosamente, comeram e beberam sem pagar, pegaram a mesma estrada que o rapaz e a moça, retornaram à pensão perto do entardecer e cruzaram o rio aparentando muita pressa.

Foi logo após cair a noite, naquela mesma data, que a sra. Deluc e seu filho mais velho ouviram os gritos de uma mulher nas cercanias da pensão. Os gritos foram violentos mas breves. A sra. Deluc reconheceu não apenas o lenço encontrado no mato, mas também o vestido com o qual o corpo fora descoberto. Um motorista de ônibus, Valence*, testemunhou que viu Marie Rogêt cruzar o Sena de balsa, naquele domingo fatídico, na companhia de um rapaz de tez morena. Valence conhecia Marie e não se enganaria a respeito de sua identidade. Os artigos achados no bosque foram todos identificados pelos parentes de Marie.

As evidências e informações que eu coletara de jornais, por sugestão de Dupin, incluíam apenas outro ponto – mas um ponto aparentemente com consequências enormes. Parece que, logo após a descoberta das roupas, conforme se descreveu, o corpo sem vida ou quase sem

---

* Adam. (N.A.)

vida de St. Eustache, o prometido de Marie, foi encontrado perto do local onde, ao que tudo indica, o horror acontecera. Encontrou-se perto dele um frasco vazio com uma etiqueta onde estava escrito "láudano". Seu hálito indicava envenenamento. Ele morreu sem falar. Sobre seu corpo foi encontrada uma carta, declarando brevemente seu amor por Marie e seu propósito de autodestruição.

– Nem preciso lhe dizer – falou Dupin, enquanto terminava a leitura compenetrada de minhas anotações – que este caso é muito mais intricado do que o caso da rua Morgue, do qual ele difere em um importante aspecto. Este é um crime *corriqueiro*, ainda que atroz. Não há nada peculiarmente *outré* acerca dele. Você vai observar que, por essa razão, o mistério foi considerado fácil de resolver, quando deveria, pelo mesmo motivo, ser considerado difícil. Assim, no início, não se considerou necessário oferecer recompensa. Os mirmidões de G. conseguiram imediatamente compreender como e por que tal atrocidade *poderia ter sido* cometida. Eles visualizaram, em suas imaginações, um modo (muitos modos) e um motivo (muitos motivos). Uma vez que não era impossível que nenhum desses numerosos modos e motivos *fosse* de fato o verdadeiro, partiram do pressuposto de que um deles *deveria* ser o verdadeiro. Mas a facilidade atribuída a essas variáveis e a plausibilidade que cada uma assumiu deveriam ter sido entendidas como indicativos da dificuldade e não da facilidade que faz parte do esclarecimento. Observei, por conseguinte, que é elevando-se por sobre o plano do comum que a razão pressente o caminho da verdade, se é que o pressente, e que a pergunta adequada a esses casos não é "o que aconteceu?", mas sim "o que aconteceu aqui que nunca havia ocorrido antes?". Nas investigações na casa da sra. L'Espanaye*, os agentes de G. ficaram desencorajados e perplexos perante aquela mesma *singularidade* que, para um intelecto bem-ajustado, teria

---

* Ver "Assassinatos na rua Morgue". (N.A.) [Coleção L&PM POCKET, v. 269].

sido um presságio certeiro de sucesso, enquanto esse mesmo intelecto poderia mergulhar em desespero diante do caráter corriqueiro de tudo que se percebia no caso da moça da perfumaria, e que os funcionários da delegacia consideravam indícios de um caso fácil de resolver.

"No caso que envolveu Madame L'Espanaye e sua filha, não havia dúvidas, mesmo no início das nossas investigações, de que se tratava de um assassinato. A ideia de suicídio foi refutada prontamente. Aqui, da mesma forma, estamos livres, desde o princípio, de qualquer suposição de suicídio. O corpo no Barrière du Roule foi encontrado sob circunstâncias tais que não deixaram espaço para incertezas acerca desse ponto tão importante. Mas sugeriu-se que o corpo encontrado não seria o de Marie Rogêt, por cujo assassino, ou assassinos, se presos, a recompensa é oferecida, um acordo idêntico ao que negociamos com o delegado – e somente com ele. Nós dois conhecemos bem esse cavalheiro. Não confio muito nele. Se, ao concluirmos o inquérito sobre o cadáver e passarmos a perseguir o assassino, descobrirmos que o corpo pertence a outro indivíduo que não Marie; ou se, ao procurarmos Marie ainda viva, nós a encontrarmos, mas não assassinada – em qualquer um dos casos nosso esforço vai por água abaixo, uma vez que é com o sr. G. que negociamos. Para nosso próprio benefício, assim, se não pela justiça, é indispensável que o primeiro passo seja determinar a identidade do corpo de Marie Rogêt, que desapareceu.

"A argumentação do *L'Étoile* causou sensação no público, e o fato de que o jornal estava convencido de sua importância ficou evidente pela maneira como um dos artigos sobre o assunto começava: 'Diversos jornais matinais de hoje', afirmava, 'comentam a matéria *conclusiva* da edição de domingo do *L'Étoile*'. A mim, tal matéria era conclusiva de pouco mais do que o fanatismo de quem a escreveu. Não podemos perder de vista que, em geral, o propósito dos nossos jornais é mais causar impacto – para provar seu ponto de vista – do que promover a busca pela verdade. Este último fim só é seguido se parece coincidir com o primeiro. O periódico que adota opiniões triviais (não importa o quão bem-fundamentada seja tal opinião) não conquista nenhum respeito com o povo. As massas consideram sério somente aquele que sugere *contradições pungentes* à ideia geral. No raciocínio, assim como na literatura, é o epigrama que é mais imediata e universalmente apreciado. Em ambos, recebe a mais baixa ordem de mérito.

"O que quero dizer é que foi a mistura entre o epigrama e o melodrama da ideia de que Marie Rogêt ainda está viva, sem haver nessa ideia nenhuma plausibilidade real, que sugeriu tal conclusão ao *L'Étoile* e assegurou uma recepção favorável do público. Examinemos os principais argumentos dos jornais, fazendo um esforço para evitar a incoerência com que são originalmente anunciados.

"O primeiro objetivo do jornalista é mostrar, a partir da brevidade do intervalo entre o desaparecimento de Marie e o surgimento de um corpo flutuando no rio, que tal corpo não é o de Marie. A redução desse intervalo a sua menor dimensão possível torna-se, então, uma finalidade para o argumentador. Na busca imprudente desse objetivo, ele se precipita, desde o começo, em meras suposições. 'Mas é uma tolice acreditar', diz ele, 'que o assassinato, se é que o corpo sofreu assassínio, tenha sido cometido cedo o suficiente para permitir que os criminosos jogassem o cadáver no rio antes da meia-noite.' Questionamos imediatamente, e com muita naturalidade, *por quê*? Por que seria tolice supor que o crime foi cometido *dentro de cinco minutos* após a moça deixar a casa da mãe? Por que seria tolice supor que o crime foi cometido em qualquer período do dia? Assassinatos são cometidos a qualquer hora. Porém, se o crime tivesse ocorrido a qualquer momento entre as nove horas da manhã de domingo e 23h45, ainda sobraria tempo 'suficiente para permitir que os criminosos jogassem seu corpo no rio antes da meia-noite'. Essa hipótese, então, leva a crer precisamente isto: que o crime não foi cometido no domingo. Se permitirmos que o *L'Étoile* suponha isso, permitiremos que tome qualquer liberdade. Apesar de publicado no *L'Étoile*, pode-se considerar que o parágrafo que começa com 'Mas é uma tolice acreditar etc.' na verdade estava *assim* na mente de quem o escreveu: 'Mas é uma tolice acreditar que o assassinato, se é que seu corpo sofreu assassínio, tenha sido cometido cedo o suficiente para permitir que os criminosos jogassem seu corpo no rio antes da meia-noite. É uma tolice, afirmamos, supor tudo isso e supor, ao mesmo tempo (já que estamos determinados a fazer suposições), que o corpo *não* foi jogado ao rio até *após* a meia-noite' – uma frase inconsequente por si só, mas não tão absurda quanto a impressa."

Dupin continuou:

– Se meu propósito fosse meramente criar caso contra essa argumentação do *L'Étoile*, eu poderia deixar tudo como está. Nosso compromisso, no entanto, não é com o *L'Étoile*, mas com a verdade. A sentença em questão aparentemente só tem um sentido, sobre o qual já discorri o suficiente; mas é essencial que leiamos nas entrelinhas a ideia que tais palavras obviamente procuraram transmitir sem lograr êxito. O propósito dos jornalistas era afirmar que a qualquer período do dia ou da noite de domingo que o crime tenha sido cometido, seria improvável que os assassinos se arriscassem a arrastar o corpo até o rio antes da meia-noite. E é aí, na verdade, que se encontra a suposição contra a qual eu protesto. Pressupôs-se que o assassinato foi cometido em uma tal posição e sob circunstâncias tais que *carregá-lo até o rio* tornou-se necessário. Ora, o crime pode ter ocorrido às margens do rio, ou mesmo dentro do rio; assim, jogar o corpo na água pode ter sido um recurso a que os criminosos lançaram mão em qualquer período do dia ou da noite, já que seria o modo mais óbvio e imediato de se livrarem do corpo. Entenda: não sugiro que nada disso seja provável nem coincidente com minha própria opinião. Meu propósito, até agora, nada tem a ver com os *fatos* do caso. Quero apenas preveni-lo contra as *suposições do L'Étoile*, chamando sua atenção para a posição do periódico, parcial desde o início.

"Fixando, desse modo, um limite conveniente a suas noções preconcebidas e assumindo que, se aquele corpo era o de Marie, ele não havia ficado na água mais do que um breve período, o jornal afirma o seguinte:

'Todas as experiências mostram que cadáveres de afogados ou corpos jogados na água imediatamente após uma morte violenta requerem de seis a dez dias para que haja decomposição suficiente que os faça vir à tona. Mesmo quando um cadáver libera gases e ele emerge antes de ficar submerso ao menos cinco ou seis dias, ele submerge novamente se o deixarem como está.'

"Essas afirmações foram tacitamente aceitas por todos os jornais de Paris, com exceção do *Le Moniteur**, que se dedicou a combater somente o trecho que faz referência a 'cadáveres de afogados', citando cinco ou seis circunstâncias nas quais corpos de indivíduos que morreram afogados foram encontrados flutuando após decorrido menos tempo do que o período em que o *L'Étoile* insistia. Mas havia algo de excessivamente ilógico na tentativa do *Le Moniteur* de refutar a afirmação genérica do *L'Étoile* ao citar exceções à regra que impediriam aquela afirmação. Ainda que fosse possível fornecer provas de cinquenta em vez de cinco exemplos de corpos flutuando ao fim de dois ou três dias, esses cinquenta exemplos bem poderiam ter sido relegados a meras exceções à regra do *L'Étoile*, até que se chegasse a negar a própria regra. Admitindo a regra (e isso o *Le Moniteur* não nega, insistindo meramente em suas exceções), o argumento do *L'Étoile* pode manter toda a força, uma vez que esse argumento não tem a intenção de envolver mais do que a *probabilidade* de o corpo ter emergido em menos de

---

* O *Commercial Advertiser* nova-iorquino, editado pelo Cel. Stone. (N.A.)

três dias, e essa probabilidade estará a favor da posição do *L'Étoile* até que circunstâncias tão ingenuamente alegadas sejam suficientes em número para estabelecer uma regra antagonista.

"Você perceberá de saída que toda argumentação sobre esse tópico deve ser induzida – se é que deve ser induzida – contra a própria regra. E para esse fim é preciso analisar a *lógica* da regra. Ora, o corpo humano, em geral, não é nem mais leve nem mais pesado do que a água do Sena; isso significa dizer que a gravidade específica do corpo humano, em condições naturais, tem volume igual ao volume de água que desloca. Corpos de indivíduos gordos e corpulentos com ossos pequenos, e de mulheres em geral, são mais leves do que os de pessoas magras e ossudas e do que os de homens; além disso, a gravidade específica da água de um rio é de certa forma influenciada pelas marés. No entanto, deixando a maré de lado, pode-se dizer que *pouquíssimos* corpos humanos submergiriam, mesmo em água doce, *espontaneamente*. Qualquer pessoa, ao cair num rio, pode flutuar sempre que equilibrar o peso específico da água com o seu próprio peso, ou seja, que submerjam quase totalmente, com o mínimo possível fora da água. A posição adequada para quem não sabe nadar é a posição ereta, como se estivesse de pé, com a cabeça jogada para trás e imersa, deixando fora da água somente a boca e o nariz. Em tal situação, flutuamos sem dificuldade e sem esforço. No entanto, é evidente que a gravidade do corpo e a gravidade do volume de água deslocada estão em frágil equilíbrio, e a mínima mudança pode fazer com que uma ou outra predomine. Um braço fora da água, por exemplo, privado de seu apoio, gera peso adicional suficiente para imergir toda a cabeça, ao passo que a ajuda acidental de um pedaço de madeira, ainda que pequeno, permitirá elevar a cabeça o suficiente para olhar ao redor. Ora, quem não sabe nadar sempre levanta os braços ao debater-se na água, ao mesmo tempo em que tenta manter a cabeça em sua posição perpendicular. O resultado é a imersão da boca e do nariz e a entrada de água nos pulmões durante os esforços para respirar. O estômago também recebe uma grande quantidade de água, e o corpo torna-se mais pesado em função da diferença entre o peso do ar que antes ocupava tais cavidades e o peso do fluido que agora nelas se encontra. Essa diferença costuma ser suficiente para mergulhar o corpo, mas é insuficiente em casos de indivíduos de estatura pequena e com uma quantidade anormal de gordura. Esses indivíduos flutuam inclusive depois de afogados.

"Supondo-se que o cadáver esteja no fundo do rio, permanecerá ali até que por algum motivo a gravidade de seu peso novamente se torne menor do que a do volume de água que ele desloca. Esse efeito é provocado, entre outros fatores, pela decomposição. O resultado da decomposição é a produção de gases, que distendem os tecidos celulares e todas as cavidades e dão ao cadáver a horrível aparência *inchada*. Quando essa distensão progride a ponto de o volume do cadáver aumentar sem o aumento correspondente de *massa* ou peso, sua gravidade específica torna-se menor do que a da água deslocada e, portanto, o corpo emerge. A decomposição é influenciada por inúmeras circunstâncias e é acelerada ou retardada por diversas causas. Por exemplo, pelo frio ou pelo calor da estação, pela saturação mineral ou pureza da água, pela profundidade desta, pela correnteza, pelas características do cadáver, pela presença ou ausência de infecções antes da morte. Assim, fica evidente que não podemos determinar o momento exato em que o cadáver emerge em consequência da decomposição. Sob certas condições, esse processo pode iniciar dentro de uma hora; sob outras, pode nem acontecer. Existem substâncias químicas que previnem a decomposição *para sempre*. O bicloreto de mercúrio é uma delas. Mas, a despeito da decomposição, pode ocorrer – e em geral ocorre – a produção de gases no estômago a partir da fermentação ácida de matérias vegetais (ou em outras cavidades por causas diversas), a qual pode ser suficiente para fazer com que o cadáver seja levado à superfície. A flatulência produz vibração. Pode desprender o cadáver da lama ou do lodo no qual está incrustado, permitindo que ele se eleve à superfície assim que os fatores mencionados o tiverem preparado para tanto. Pode também vencer a resistência de porções putrescentes do tecido celular, fazendo com que as cavidades se distendam sob a influência dos gases.

"De posse de todas as informações sobre o assunto, podemos facilmente pôr as afirmações do *L'Étoile* à prova. 'Todas as experiências mostram', afirma o jornal, 'que cadáveres de afogados ou corpos jogados na água imediatamente após uma morte violenta requerem de seis a dez dias para chegar a um grau de decomposição que os traga à tona. Mesmo quando um cadáver libera gases e emerge antes de ficar submerso ao menos cinco ou seis dias, ele submerge novamente se não sofrer nenhuma outra interferência.'

"A totalidade desse parágrafo agora parece uma confabulação inconsequente e incoerente. Nem *todas* as experiências mostram que 'cadáveres de afogados' *requerem* de seis a dez dias de decomposição para que sejam levados à tona. A ciência e os experimentos mostram que o período de emersão é necessariamente indeterminado. Ademais, se um cadáver emergiu devido à liberação de gases, ele *não* irá 'submergir novamente se não sofrer nenhuma outra interferência', até que a decomposição progrida a ponto de permitir a saída de gases. Gostaria de chamar sua atenção para a diferença entre 'cadáveres de afogados' e 'corpos jogados na água imediatamente após uma morte violenta'. Ainda que tenha feito a distinção entre eles, o jornalista os inclui na mesma categoria. Mostrei como o cadáver de um afogado torna-se mais pesado que o volume de água que desloca e que ele não submerge a não ser que eleve seus braços ao se debater na água e respire ao submergir, o que fará com que o espaço antes ocupado por ar nos pulmões seja substituído por água. Mas nada disso ocorre em 'corpos jogados na água imediatamente após uma morte violenta'. Nesse caso, *o cadáver, como regra, não submergirá* – fato que o *L'Étoile* evidentemente ignora. Somente em estado avançado de decomposição – quando não há mais carne nos ossos – o cadáver desaparece, mas nunca *antes* disso.

"E o que podemos concluir da alegação de que o cadáver encontrado não poderia ser o de Marie Rogêt porque fora visto boiando após transcorridos apenas três dias desde o seu desaparecimento? Por ser mulher, é possível que não tenha afundado. Se afundou, pode ter reaparecido em um dia ou menos. Mas ninguém cogita que ela se afogou. Se estava morta antes de ser jogada ao rio, seu cadáver poderia ter sido encontrado em qualquer momento subsequente.

"Em seguida, o *L'Étoile* afirma que 'se o corpo tivesse sido mantido em seu estado mutilado na margem do rio até terça-feira à noite, algum vestígio dos assassinos teria sido ali encontrado'. À primeira vista, é difícil perceber a intenção de tal raciocínio. Ele se antecipa ao que imagina ser uma objeção a sua teoria de que o cadáver ficou por dias à margem, sofrendo rápida decomposição – *mais* rápida do que se estivesse submerso. Sendo esse o caso, ele supõe que o cadáver *poderia* ter emergido à superfície na quarta-feira e que *somente* sob tais circunstâncias ele reapareceria. Portanto, apressa-se em mostrar que o cadáver *não ficara* na margem pois, se tivesse ficado, 'algum vestígio dos assassinos teria sido ali encontrado'. Presumo que você sorri diante de tal conclusão. Não consegue entender de que forma a *permanência* do cadáver na margem do rio possa ter contribuído para *multiplicar vestígios* dos assassinos. Nem eu.

"'Além disso, é muitíssimo improvável', prossegue o *L'Étoile*, 'que qualquer bandido que tenha cometido um crime como este em questão jogasse o corpo na água sem um peso que o submergisse, quando tal precaução poderia ter sido tomada com facilidade.' Observe aqui a risível confusão de pensamento! Ninguém questiona – nem mesmo o *L'Étoile* – que o *cadáver encontrado* foi assassinado. As marcas de violência são evidentes. O objetivo do jornalista é tão somente mostrar que o cadáver não é o de Marie. Deseja provar que *Marie* não fora assassinada, e não que o cadáver não fora. Contudo, sua observação comprova apenas este último ponto. Há um cadáver ao qual não se incorporou peso extra. Os assassinos não deixariam de incorporar peso extra ao cadáver ao jogá-lo na água. Logo, ele não foi lançado ao rio pelos assassinos. Nada comprova além disso, se é que comprova algo. A questão da identidade sequer é levantada, e o *L'Étoile* fez tamanho esforço apenas para contradizer aquilo que admitira momentos antes. 'Estamos convencidos', afirma o jornal, 'de que o corpo encontrado é de uma moça assassinada.'

"Essa não é a única ocasião em que o jornalista involuntariamente contradiz seus próprios argumentos. Seu principal objetivo, como afirmei, é diminuir o máximo possível o intervalo entre o desaparecimento de Marie e a descoberta do cadáver. No entanto, percebemos que ele *insiste* no fato de que ninguém vira a moça depois que ela saíra da casa da mãe. Alega que não havia 'evidências de que Marie Rogêt pertencia ainda ao mundo dos vivos após as nove horas da manhã do domingo, dia 22 de junho'. Sendo esse argumento obviamente parcial, ele deveria, no mínimo, deixá-lo de lado, já que caso se soubesse de alguém que tivesse visto Marie, por exemplo, na segunda ou na terça-feira, o intervalo em questão seria bastante diminuído e, conforme seu próprio raciocínio, a probabilidade de aquele cadáver ser o da vendedora seria pequena. É divertido observar como o *L'Étoile* insiste nesse ponto acreditando piamente que assim reforça sua argumentação.

"Reexamine agora o trecho em que faz referência à identificação do cadáver feita por Beauvais. No que diz respeito à presença de *pelos* sobre o braço, o *L'Étoile* agiu com evidente má-fé. Não sendo um idiota, o sr. Beauvais jamais se apressaria em identificar o cadáver simplesmente a partir da presença de *pelos no braço*. Braços contêm pelos. A *generalização* feita pelo *L'Étoile* é uma distorção da fraseologia da testemunha. Ele provavelmente mencionou alguma *peculiaridade* dos pelos. Pode ser uma peculiaridade de cor, quantidade, comprimento ou localização.

"'Seus pés eram pequenos', prossegue o jornal, 'mas há milhares de pés pequenos. Suas cintas-ligas – e seus sapatos – também não provam nada, uma vez que são vendidos aos montes. O mesmo pode ser dito sobre as flores presentes em seu chapéu. Um ponto sobre o qual o sr. Beauvais insiste é que a presilha da cinta-liga fora puxada para trás, a fim de ajustar-se. Isso não significa nada, uma vez que a maioria das mulheres acha mais conveniente experimentar e ajustar as cintas a suas pernas em casa, e não na loja onde as compraram.' Nesse ponto fica difícil levar a argumentação a sério. Se o sr. Beauvais, na busca por Marie, houvesse encontrado um cadáver cujo tamanho e o aspecto correspondessem às características da moça desaparecida, estaria autorizado (sem qualquer referência aos trajes que ela vestia) a concluir que a busca fora bem-sucedida. Se, em reforço à questão acerca do aspecto geral e do tamanho, tivesse encontrado pelos com características pecualiares cuja presença tivesse sido observada em Marie quando viva, sua opinião poderia fortalecer-se com toda legitimidade. E o grau de certeza poderia ser proporcional à singularidade ou à raridade de tais pelos. Sendo os pés de Marie pequenos como os do cadáver, o aumento da probabilidade de que o cadáver era o de Marie não seria um aumento de proporção meramente aritmética, mas sim de proporção geométrica ou cumulativa. Acrescentem-se a isso os sapatos que ela usava no dia em que desapareceu, os quais, ainda que sejam 'vendidos aos montes', aumentam a probabilidade ao limite da certeza. Aquilo que por si mesmo não constituiria evidência de identidade torna-se, por sua posição corroborativa, uma prova sólida. Somem-se a isso flores no chapéu iguais às que a moça desaparecida usava e não precisamos de mais nada. *Uma* só flor bastaria – o que dizer então de duas, três? Cada flor sucessiva é uma prova múltipla – não provas *somadas* a provas, mas *multiplicadas* por centenas ou milhares de vezes. Tragamos à baila a descoberta de cintas-ligas no cadáver, iguais às que a moça usava, e é quase uma tolice prosseguir. Percebe-se que as cintas foram ajustadas do mesmo modo como Marie havia ajustado as suas próprias, puxando a presilha para trás, pouco antes de sair de casa. Agora é loucura ou hipocrisia duvidar. A afirmação do *L'Étoile* de que ajustar cintas-ligas é uma prática comum indica apenas sua insistência no erro. A natureza elástica da presilha das cintas é por si só uma demonstração da *excepcionalidade* do ajuste. Aquilo que é feito para ajustar-se raramente requer ajustes extras. Deve ter sido por acidente, no sentido estrito, que as ligas de Marie precisaram do ajuste descrito. E elas isoladamente já bastariam para estabelecer a identidade. Mas o fato é que não se encontraram no cadáver as mesmas cintas da moça desaparecida, ou seus sapatos, ou seu chapéu ou as flores do chapéu, ou pés do mesmo tamanho, ou uma marca peculiar sobre o braço, ou estatura e fisionomia iguais à da moça – o fato é que o cadáver apresentava *tudo isso ao mesmo tempo*. Se se pudesse provar que o editor-chefe do *L'Étoile* realmente fomentava dúvidas diante de tais circunstâncias, nem haveria necessidade de um mandado de intervenção por insanidade*. Ele achou sagaz papagaiar a conversa fiada dos advogados, os quais, na maioria, contentam-se em matraquear preceitos intransigentes dos tribunais. Eu gostaria de salientar que muito do que é rejeitado como evidência em um tribunal é a melhor das provas para a inteligência, pois o tribunal, guiado por princípios gerais já reconhecidos e *registrados*, rejeita guinadas em casos particulares. E essa rígida aderência à lei, com inflexível desconsideração de exceções contraditórias, é um modo seguro de abarcar o

---

* No original, *de lunatico inquirendo*. (N.T.)

máximo de veracidade possível em qualquer sequência de tempo. Tal prática, aplicada *universalmente*, é, portanto, filosófica, mas nem por isso deixa de engendrar vastos erros individuais.

"A respeito das insinuações levantadas contra Beauvais, você irá desconsiderá-las em um instante. Você já deve ter vislumbrado a verdadeira natureza desse cavalheiro. É um *bisbilhoteiro*, dado a fantasias e pouco sagaz. Qualquer pessoa com tais características, em ocasiões de *grande* conturbação, prontamente irá comportar-se de forma a atrair as suspeitas dos ultraperspicazes ou dos mal-intencionados. O sr. Beauvais, conforme os apontamentos que você compilou, conversou com o editor do *L'Étoile* e o insultou ao arriscar opinar que o cadáver, ao contrário do que afirmava o jornal, era sem dúvida o de Marie. 'Ele insiste', prossegue o jornal, 'em afirmar que o cadáver é o de Marie, mas não apresenta nenhuma circunstância, em adição às que já comentamos, que faça com que outras pessoas corroborem sua crença.' Ora, sem reiterar o fato de que evidências mais fortes que 'façam com que outras corroborem sua crença' *jamais* poderiam ser aduzidas, é bom lembrar que, em um caso dessa natureza, uma pessoa pode ser induzida a ratificar uma opinião sem que consiga justificar o motivo. Nada é mais vago do que impressões individuais sobre identidade. Reconhecemos o vizinho; no entanto, somente em poucas situações estamos preparados para *dar uma razão* que justifique nossa impressão. O editor do *L'Étoile* não tinha o direito de ofender-se com a falta de explicação da crença de Beauvais.

"As circunstâncias suspeitas que o cercam condizem muito mais com minha hipótese de que ele é um *enxerido dado a fantasias* do que com a insinuação de culpa lançada pelo jornal. Adotando uma interpretação mais indulgente, não teremos dificuldade em compreender a rosa no buraco da fechadura, o nome 'Marie' escrito no quadro-negro, o motivo pelo qual Beauvais 'escanteou os parentes do sexo masculino' e aparentou 'ser ferrenhamente contrário a permitir que os familiares vissem o corpo', a recomendação à sra. B. para que não falasse com o gendarme até que Beauvais retornasse e, por fim, a determinação de que ninguém deveria se envolver com as providências a serem tomadas que não ele mesmo. Parece-me inquestionável que o sr. Beauvais cortejava Marie, que ela flertou com ele e que ele pretendia fazer crer que gozava da total intimidade e confiança dela. Não direi mais nada a respeito desse ponto. E como as evidências refutam por completo a alegação do *L'Étoile* no que diz respeito à *apatia* da sra. Rogêt e de outros familiares – uma apatia inconsistente com a suposição de que acreditavam que o cadáver era o da moça –, prossigamos agora supondo que a questão acerca da *identidade* tenha sido satisfatoriamente resolvida."

– E o que você pensa – indaguei – sobre as opiniões do *Le Commerciel*?

– Que, em essência, são muito mais dignas de atenção do que qualquer outra proclamada sobre o assunto. As deduções a partir das premissas são racionais e apuradas. Porém em ao menos duas situações as premissas estão fundamentadas em observações parciais. O *Le Commerciel* deseja levar a crer que Marie fora atacada por uma gangue de vândalos perto da casa da mãe. 'É impossível', incita o jornal, 'que uma pessoa tão conhecida por todos como essa moça tenha passado por três quarteirões sem que ninguém a tenha visto.' Essa é a noção de um homem público que há muito reside em Paris e cujas caminhadas pela cidade limitam-se, na maioria, às vizinhanças das repartições públicas. Ele sabe que raramente anda mais do que doze quarteirões até seu escritório sem ser reconhecido e abordado. Reconhecendo o alcance de suas relações pessoais, ele compara sua notoriedade com a da balconista da perfumaria, não encontra grandes diferenças entre ambas e chega à conclusão de que ela, em suas caminhadas, seria tão passível de ser reconhecida quanto ele. Isso somente poderia ocorrer se as caminhadas dela tivessem o mesmo caráter invariável e metódico e fossem confinadas à mesma *espécie* de região que as dele. Ele perambula, em intervalos regulares, em uma periferia confinada, cheia de indivíduos que são levados a observá-lo a partir do interesse na natureza semelhante da ocupação dele com as suas próprias. Mas as caminhadas de Marie podem, no geral, ser julgadas errantes. Nesse caso, o mais provável é considerar que ela tomou um caminho diferente do que costumava tomar. O paralelo que imaginamos que o *Le Commerciel* traçou só poderia ser sustentado no caso de dois indivíduos cruzando a cidade inteira. Nesse caso, com a garantia de que o número de conhecidos seja igual, as chances de encontrar o mesmo número de conhecidos também seriam iguais. Acredito que é possível e muito mais provável que Marie tenha tomado, a qualquer momento, qualquer um dos trajetos entre a sua casa e a casa da tia sem encontrar uma só pessoa que conhecesse ou por quem fosse reconhecida. Ao analisar este tema sob a devida ótica, não podemos esquecer a grande desproporção entre o número de conhecidos de uma pessoa, até mesmo do sujeito mais conhecido de Paris, e a população total da cidade.

"Mas seja qual for a força que a sugestão do *Le Commerciel* ainda pareça, ela será bastante diminuída ao levarmos em conta a *hora* em que a moça saiu. 'Foi quando as ruas estavam cheias de gente', afirma o *Le Commerciel*, 'que ela saiu.' Não foi bem assim. Eram nove horas da manhã. Ora, às nove horas da manhã as ruas estão apinhadas de gente, *exceto aos domingos*. Às nove horas de domingo todos estão em casa preparando-se para ir à igreja. Um observador atento não deixaria de notar o ar particularmente desértico da cidade das oito às dez horas da manhã em todos os domingos. Entre dez e onze horas as ruas estão cheias de gente, mas não tão cedo quanto no horário assinalado.

"Há outro ponto em que há falhas na *observação* do *Le Commerciel*. 'Um pedaço das anáguas da pobre moça', afirma o periódico, 'de sessenta centímetros de comprimento e trinta de largura, foi rasgado, enlaçado ao redor do pescoço e amarrado na nuca, provavelmente para impedir gritos. Isso foi feito por indivíduos que não traziam lenços consigo.' Se essa ideia está ou não bem-fundamentada, logo veremos. Mas ao mencionar 'indivíduos que não traziam lenços consigo' o jornal se refere aos mais desclassificados dos vândalos. Esses, no entanto, constituem exatamente o tipo de pessoas que nunca serão encontradas sem um lenço, mesmo que estejam sem camisa. Você deve ter tido a oportunidade de perceber o quão indispensável o uso de lenços tornou-se nos últimos anos para os bandidos mais implacáveis."

– E o que devemos pensar a respeito do artigo do *Le Soleil*? – perguntei.

– Que é uma pena que seu autor não tenha nascido um papagaio. Ele seria o mais ilustre de sua raça. Meramente repetiu pontos individuais de artigos já publicados, coletando-os aqui e ali, deste e daquele jornal. '*Evidentemente* todas aquelas coisas haviam estado lá', afirma, 'por três ou quatro semanas no mínimo', e prossegue dizendo: '*Não resta dúvida* de que se descobriu o local daquela chocante indignidade.' Os fatos aqui reformulados pelo *Le Soleil* estão longe de eliminar minhas dúvidas sobre o assunto, e mais adiante os examinaremos em detalhes no que tange a outro tópico do tema.

"No momento precisamos nos ocupar com outras investigações. Você deve ter notado a extrema negligência do exame do cadáver. Por certo a questão da identidade foi prontamente resolvida, ou deveria ter sido. Mas há outros pontos que devem ser averiguados. O cadáver fora, de alguma forma, *roubado*? A vítima usava joias ao sair de casa? Em caso afirmativo, ainda as usava quando encontrada? Essas são perguntas importantes que foram ignoradas pelas investigações. E há outras de igual importância que não receberam atenção. Precisamos fazer um esforço para que nos satisfaçamos com interrogatórios pessoais. O caso do sr. St. Eustache deve ser reexaminado. Não tenho suspeitas contra o sujeito, mas prossigamos metodicamente. Podemos determinar sem sombra de dúvida a validade do testemunho sobre seu paradeiro no domingo. Testemunhos dessa natureza facilmente se tornam alvo de mistificações. Se não houver nada errado aqui, afastaremos St. Eustache de nossas investigações. Seu suicídio, que corroboraria suspeitas em caso de falso testemunho, não é de modo algum, caso o testemunho seja verdadeiro, um evento que nos desvie da linha normal de análise.

"A partir do que apresentarei agora, deixaremos de lado os aspectos internos da tragédia e nos concentraremos nos pontos periféricos. Um dos erros mais comuns das investigações é limitar o inquérito ao imediato, desconsiderando totalmente eventos colaterais ou circunstanciais. Os tribunais são negligentes em confinar evidências e discussões dentro dos limites do que consideram relevante. Contudo a experiência mostra, como o pensamento racional sempre mostrará, que grande parte da verdade, senão a maior parte dela, surge daquilo que aparentemente é irrelevante. É através do espírito desse princípio, literalmente, que a ciência moderna determinou-se a *prever imprevistos*. Mas talvez eu não esteja sendo claro. A história do conhecimento humano mostra incessantemente que devemos a eventos colaterais, incidentais ou acidentais as mais numerosas e valiosas descobertas. Por isso é necessário, em antecipação ao progresso, fazer as maiores concessões a invenções que surjam por acaso e estejam fora do alcance das previsões comuns. Já não é racional fundamentar sobre o passado uma visão do porvir. *Acidentes* são admitidos como uma parte da subestrutura. Transformamos o acaso numa questão de cálculo absoluto. Submetemos o inesperado e o inimaginado às fórmulas matemáticas escolares.

"Repito que é um fato consumado que a *maior* parte da verdade surja de eventos colaterais. E não é senão de acordo com o espírito do princípio envolvido nesse fato que desvio a investigação, no presente caso, do infrutífero e já trilhado caminho que o próprio evento tomou para as circunstâncias atuais que o cercam. Enquanto você analisa a veracidade dos testemunhos, examinarei os jornais mais genericamente do que você os examinou até agora. Até o momento, fizemos o reconhecimento do campo da investigação. E será estranho que um levantamento abrangente dos periódicos, tal como proponho, não nos forneça os indícios pontuais que estabelecerão a *direção* do inquérito."

Conforme a sugestão de Dupin, fiz um exame meticuloso dos testemunhos. O resultado foi a firme convicção em sua veracidade e a consequente inocência de St. Eustache. Nesse meio-tempo, meu amigo ocupava-se – com uma minúcia que a mim parecia fora de propósito – do escrutínio de artigos dos jornais. Ao fim de uma semana ele me apresentou os seguintes trechos:

"Cerca de três anos e meio atrás, uma conturbação muito semelhante à presente foi causada pelo desaparecimento da mesma Marie Rogêt da perfumaria do sr. Le Blanc no Palais Royal. Após uma semana, entretanto, a moça reapareceu e retomou seu posto, bem-disposta como sempre, com exceção de um leve abatimento um tanto incomum. O sr. Le Blanc e a mãe da moça declararam que ela havia visitado um amigo no interior, e o caso foi prontamente abafado. Presumimos que o presente desaparecimento de Marie seja um capricho da mesma natureza e que, em uma semana ou talvez um mês, a tenhamos de volta entre nós outra vez." – *Evening Paper*, segunda-feira, 23 de junho.*

"Um jornal de ontem menciona um misterioso desaparecimento anterior da srta. Rogêt. Sabe-se que, durante sua ausência da perfumaria do sr. Le Blanc, a moça estava na companhia de um jovem oficial da Marinha cuja devas-

---

* *Express*, de Nova York. (N.A.)

sidão é notória. Supõe-se que uma discussão a tenha feito retornar para casa. Sabemos o nome do libertino em questão, que está no momento destacado em Paris, mas por razões evidentes não o divulgaremos ao público." – *Le Mercurie*, terça-feira, 24 de junho.*

"Uma indignidade das mais atrozes foi perpetrada perto da cidade anteontem. Ao entardecer, um cavalheiro, na companhia da esposa e da filha, a fim de cruzar o rio, contratou os serviços de seis rapazes que remavam um barco a esmo de um lado a outro do Sena. Ao atingir a margem oposta, os três passageiros desembarcaram e já perdiam o barco de vista quando a filha deu-se conta de que havia esquecido sua sombrinha a bordo. Ao retornar para buscar a sombrinha, foi atacada pela gangue, arrastada pela correnteza, amordaçada, tratada com violência e por fim levada à margem até um ponto não muito distante de onde havia embarcado com seus pais. Os bandidos escaparam e ainda não foram encontrados, mas a polícia já está no encalço de seus rastros e alguns deles em breve serão presos." – *Morning Paper*, 25 de junho.**

"Recebemos um ou dois comunicados cuja intenção é atribuir a Mennais*** a autoria do crime atroz há pouco cometido, mas uma vez que ele foi plenamente liberado por falta de provas no inquérito policial, e como os argumentos dos acusadores parecem mais preconceituosos do que profundos, não julgamos aconselhável torná-los públicos."
– *Morning Paper*, 28 de junho.****

"Recebemos diversos comunicados – escritos com impetuosidade e provenientes de várias fontes – que consideram inquestionável que Marie Rogêt tenha sido vítima de uma das inúmeras quadrilhas de vândalos que infestam

---

* *Herald*, de Nova York. (N.A.)

** *Courier* e *Inquirer*, de Nova York. (N.A.)

*** Mennais foi um dos suspeitos inicialmente detidos, sendo liberado por total falta de provas contra ele. (N.A.)

**** *Courier* e *Inquirer*, de Nova York. (N.A.)

os arredores da cidade aos domingos. Somos favoráveis a essa posição. Empenharemo-nos em divulgar algumas dessas opiniões daqui pra frente." – *Evening Paper*, 30 de junho.*

"Na segunda-feira, um dos balseiros ligados ao serviço alfandegário viu um barco vazio descendo o Sena. As velas estavam no fundo do barco. O balseiro o rebocou até a doca das balsas alfandegárias. Na manhã seguinte o barco foi retirado dali sem o conhecimento das autoridades. O leme está agora na doca." *Le Diligence*, quinta-feira, 26 de junho.**

Após a leitura dos diversos trechos, eles não só me pareceram irrelevantes como eu não conseguia perceber sua influência sobre o crime. Esperei, assim, alguma explicação de Dupin.

– Não tenho a intenção – ele disse – de me *deter* sobre o primeiro e o segundo artigo. Eu os compilei principalmente para mostrar-lhe a extrema negligência da polícia, que, a partir do que soube pela chefatura, não se incomodou em interrogar o oficial da marinha mencionado. Contudo é tolice afirmar que *supostamente* não há relação entre o primeiro desaparecimento de Marie e o segundo. Admitamos que a primeira fuga tenha resultado numa briga entre o casal e na volta da moça traída ao lar. Podemos agora encarar a segunda *fuga* (se *de fato* houve uma segunda fuga) como a indicação de uma tentativa do namorado em reatar com a moça, e não como consequência da participação de um segundo pretendente. Ou seja, podemos encarar como uma reconciliação, e não como o início de um novo relacionamento. São de dez para um as chances de que a nova fuga fora proposta pelo antigo namorado e não por um novo indivíduo. E quero chamar a atenção para o fato de que o período que discorreu entre a primeira e a suposta segunda fuga é alguns meses mais longo do que o período que em

---

* *Evening Post*, de Nova York. (N.A.)

** *Standard*, de Nova York. (N.A.)

geral os navios de guerra cruzam os mares. O namorado fora interrompido, na primeira investida contra Marie, pela necessidade de sair em serviço? Aproveitara a primeira oportunidade, ao retornar, de renovar seus desígnios ainda não realizados – ou ainda não realizados *por ele*? Nada sabemos sobre isso.

"No entanto, você dirá que o segundo desaparecimento *não foi* uma fuga, como se imagina. Certamente não foi. Mas podemos afirmar que a intenção de Marie não era fugir? Além de St. Eustache, e talvez Beauvais, não encontramos nenhum pretendente de Marie digno de nota. Nada foi dito sobre nenhum outro. Quem é então o amante secreto, sobre quem os familiares (*ou a maioria deles*) nada sabem, que Marie encontra nas manhãs de domingo e que desfruta de sua confiança a ponto de ela não hesitar em ficar com ele até o cair da noite nos bosques ermos do Barrière du Roule? Quem é o amante secreto, pergunto eu, sobre quem *a maioria* dos familiares nada sabe? E o que significa a estranha profecia da sra. Rogêt na manhã do desaparecimento da jovem, 'receio que nunca mais verei Marie'?

"Mas se não podemos imaginar que a sra. Rogêt estivesse a par das intenções de fuga, não podemos ao menos supor que fosse essa a intenção da moça? Ao sair de casa, ela avisou que visitaria a tia na Rue des Drômes, e St. Eustache ficou encarregado de buscá-la ao entardecer. À primeira vista, isso depõe contra o que sugeri. Porém, reflitamos. *Sabe-se* que ela encontrou-se com alguém e cruzou o rio com esse acompanhante, chegando à margem do Barrière du Roule mais tardar às três horas da tarde. Mas, ao consentir acompanhar esse cavalheiro (*por qualquer motivo que fosse, com ou sem o conhecimento da mãe*), ela deve ter levado em consideração que informara seu paradeiro ao sair de casa e que causaria surpresa e despertaria suspeitas em St. Eustache, que, ao buscá-la no horário combinado na Rue des Drômes, descobriria que ela não havia estado lá. Além disso, retornando à pensão com essa alarmante notícia, ele tomaria conhecimento de que ela continuava ausente. Ela deve ter pensado nessas coisas, acredito. Deve ter previsto a decepção de St. Eustache, as suspeitas de todos. Ela não deve ter pensado em retornar para enfrentar as suspeitas, as quais teriam pouca importância se supusermos que ela não *pretendia* retornar.

"Podemos imaginar que ela pensou o seguinte: 'Fugirei para encontrar uma pessoa com quem pretendo casar em segredo, ou para outros fins conhecidos apenas por mim mesma. É preciso que não haja interferências. Preciso dispor de tempo suficiente para evitar que me procurem. Farei com que saibam que visitarei e passarei o dia com minha tia na Rue des Drômes. Pedirei a St. Eustache que não me busque antes do anoitecer. Desse modo, terei uma desculpa para justificar minha ausência pelo maior período possível sem levantar suspeitas nem causar preocupação, e assim ganharei mais tempo. Se eu pedir a St. Eustache que me busque ao anoitecer, ele certamente não irá antes disso. Mas se não lhe pedir que me busque, terei menos tempo para fugir, uma vez que me esperariam em casa mais cedo e minha ausência não tardaria em causar preocupação. Agora, se minha intenção é voltar para casa após um breve passeio com o indivíduo em questão, não seria conveniente solicitar que St. Eustache me buscasse. Ao me buscar, ele verificaria que eu havia mentido, o que poderia ser evitado se eu saísse de casa sem avisá-lo aonde iria, voltasse antes do anoitecer e dissesse que visitara minha tia na Rue des Drômes. Mas como *jamais* pretendo retornar, ou pelo menos não nas próximas semanas, até que eu possa evitar que alguns fatos venham à tona, ganhar tempo é a única coisa com que tenho de me preocupar.'

"Você deve ter percebido em seus apontamentos que a opinião geral sobre o crime, desde o início, é de que a moça foi vítima de uma *gangue* de vândalos. A opinião pública, sob certas condições, não deve ser desconsiderada. Quando surge por si mesma – nas ocasiões em que se manifesta de maneira estritamente espontânea – devemos considerá-la análoga à *intuição* característica dos formadores de opinião. Em 99 casos entre cem eu acataria seu julgamento. Porém é importante que não se encontrem rastros de *sugestionamento*. A opinião deve ser rigorosamente a do *público*. E muitas vezes é difícil perceber e sustentar tal distinção. Nesse caso específico, parece-me que a 'opinião pública', no que diz respeito à gangue, foi induzida pelo evento paralelo descrito no terceiro artigo que lhe mostrei. Paris inteira está agitada em função da descoberta do cadáver da bela, jovem e popular Marie. O cadáver mostra marcas de violência ao ser encontrado flutuando no rio. Surge a informação de que naquele mesmo horário em que supostamente a moça foi assassinada uma selvageria de natureza semelhante ao que a falecida sofreu, mas de menor grau, foi cometida contra uma segunda moça por uma gangue de vândalos. Não é de espantar que o segundo crime influencie o julgamento da opinião pública a respeito do primeiro. Tal julgamento aguardava uma direção, e o crime contra a segunda moça parecia tão oportunamente oferecer-lhe um rumo! Marie fora encontrada no rio, e naquele mesmo rio registrou-se a ocorrência de um segundo crime. A conexão entre os dois crimes era tão evidente que seria estranho que a opinião pública não a percebesse e explorasse. Na verdade, a maneira brutal com que um dos crimes foi cometido é evidência de que o outro crime, ocorrido quase ao mesmo tempo, *não foi* cometido da mesma forma. Teria sido um milagre que uma gangue de vândalos perpetrasse em um determinado local um crime sem precedentes e que uma gangue similar, numa região próxima, na mesma cidade, sob as mesmas circunstâncias e com os mesmos meios e instrumentos estivesse cometendo um crime da mesma natureza, no mesmo horário! Ainda assim, no que senão nessa impressionante cadeia de coincidências a opinião pública, acidentalmente sugestionada, nos apela a acreditar?

"Antes de prosseguir, consideremos a cena do assassinato nos bosques fechados do Barrière du Roule. O bosque, apesar de denso, localiza-se nas redondezas de uma via pública. Havia ali três ou quatro grandes pedras, formando uma espécie de assento, com encosto para as costas e descanso para os pés. Na pedra de cima encontraram-se as anáguas brancas; na segunda pedra, a manta de seda. A sombrinha, as luvas e o lenço também foram achados ali. No lenço estava escrito o nome de Marie Rogêt. Fragmentos do vestido foram vistos nos galhos ao redor. O solo estava pisoteado, os arbustos estavam quebrados e havia todos os sinais de uma luta violenta.

"Apesar da excitação com que a descoberta do bosque foi recebida pela imprensa e da unanimidade em supor que aquele era o local do crime, é preciso admitir que resta espaço para dúvidas. Eu poderia acreditar ou não que aquele *era* o local exato do crime, mas havia excelentes razões para duvidar. Se o *verdadeiro* cenário, como sugeriu o *Le Commerciel*, fosse nas redondezas da Rue Pavée St. Andrée, os criminosos, supondo que morassem em Paris, ficariam aterrorizados ao perceber que a atenção pública se dirigia com tanta precisão àquele local. Em certas pessoas, isso faria com que surgisse a necessidade de empenhar-se em criar fatos que desviassem a atenção. Desse modo, diante das suspeitas sobre Barrière du Roule, a ideia de colocar os itens no local onde foram encontrados poderia ter sido concebida. Não há evidência real, apesar da suposição do *Le Soleil*, de que os objetos descobertos tenham estado mais do que poucos dias na mata, ao passo que há diversas provas circunstanciais de que eles não poderiam ter ficado ali sem chamar atenção durante os vinte dias transcorridos entre o domingo fatídico e a tarde em que foram encontrados pelos meninos.

"Todos os objetos 'estavam muito mofados', diz o *Le Soleil*, 'pela ação da chuva e como que grudados por causa do mofo. A grama cresceu em volta e sobre alguns dos itens.

A seda da sombrinha era forte, mas seus fios criaram nós. A parte de cima, onde ela havia sido dobrada, estava toda embolorada e apodrecida e se rasgou quando a sombrinha foi aberta.' O fato de a grama ter crescido 'em volta e sobre alguns dos itens' obviamente só pode ser confirmado a partir das palavras e da memória de dois meninos, uma vez que eles mexeram nos objetos e levaram alguns para casa antes que terceiros os vissem. A grama cresce, especialmente em climas quentes e úmidos (como o do período em que ocorreu o assassinato), oito a dez centímetros em um só dia. Uma sombrinha pousada sobre a relva poderia, em uma só semana, ficar totalmente oculta pelo crescimento da grama. E no que se refere ao *mofo* sobre o qual o jornalista do *Le Soleil* tanto insiste, referindo-se a ele não menos do que três vezes no curto parágrafo citado, ele conhece a natureza desse *mofo*? Ele não sabe que se trata de uma variedade de fungo cuja principal característica é nascer e morrer no prazo de um dia?

"Vemos assim, de relance, que o que foi alegado de modo triunfal em apoio à ideia de que os objetos ficaram ali 'por três ou quatro semanas no mínimo' não tem validade alguma. Por outro lado, é muito custoso acreditar que os objetos ficaram no bosque por um período superior a uma semana – de um domingo a outro. Quem conhece a periferia de Paris sabe o quão difícil é encontrar locais *ermos*, a não ser muito longe dos subúrbios. Nem por um momento se imagina a possibilidade de haver recessos não explorados ou pouco frequentados entre bosques e alamedas. Considere um amante da natureza, preso pelo dever à poeira e ao calor desta grande metrópole, que tente saciar sua sede de isolamento, até mesmo em dias úteis, entre os encantos naturais que nos rodeiam. A cada passo seu encantamento será interrompido pelas vozes e pela intrusão de baderneiros ou pela farra de vândalos. Procurará privacidade nos bosques mais densos em vão. É exatamente nesses retiros que a ralé se encontra; são esses os templos mais profanados.

Enojado, baterá em retirada de volta à imunda Paris, que lhe parecerá um sumidouro menos repulsivo. Se os arredores da cidade são assim frequentados em dias úteis, imagine aos domingos! É sobretudo nesse dia que o vândalo, liberado do trabalho ou privado de oportunidades de cometer crimes, irá à periferia da cidade – não por amor à vida campestre, que seu íntimo despreza, mas sim como meio de escapar do controle e das convenções sociais. Deseja menos ar fresco e árvores verdejantes do que a extrema *licenciosidade* do campo. Na pensão de beira de estrada ou sob a densa folhagem dos bosques, entrega-se, despercebido por todos que não seus parceiros de farra, aos excessos delirantes da falsa alegria, a qual é fruto da liberdade e do rum. Quando repito que seria um milagre que os objetos em questão tenham permanecido ocultos por mais de uma semana em *qualquer* bosque nas imediações de Paris não digo nada mais do que o óbvio a qualquer observador imparcial. E há muitos outros motivos para suspeitar que os objetos foram deixados no bosque com a intenção de desviar a atenção da cena real do crime.

"Em primeiro lugar, repare na *data* em que os objetos foram achados. Confira esta data com a do quinto artigo de jornal que selecionei. Você verá que tal descoberta se seguiu, quase imediatamente, às informações urgentes recebidas pelo jornal. Tais informações, embora em grande número e à primeira vista provenientes de diversas fontes, levavam ao mesmo ponto, ou seja, de que fora uma *gangue* quem perpetrara o delito e que a cena do crime era o Barrière du Roule. Sem dúvida, o que devemos observar aqui é que os objetos não foram encontrados pelos meninos em consequência de tais informações ou pela atenção do público que elas provocaram, mas sim que os garotos não os encontraram *antes* em função de que os objetos não estavam lá; foram depositados no bosque somente naquela data ou no dia anterior pelos criminosos, que são eles mesmos os autores dos comunicados à imprensa.

"O bosque é peculiar, muitíssimo peculiar. É anormalmente denso. Dentro de suas muralhas naturais há três extraordinárias pedras *formando um banco com encosto e descanso para os pés*. E esse gracioso bosque fica nas imediações, *a apenas poucos metros*, da residência da sra. Deluc, cujos filhos tinham o hábito de procurar incansavelmente cascas de sassafrás por entre os arbustos das redondezas. Seria insensato apostar – em um lance de mil contra um – que *sequer um dia* se passou sem que algum dos meninos adentrasse aquele sombrio ambiente e se apossasse de seu trono natural? Quem quer que hesite em fazer tal aposta nunca foi criança ou esqueceu-se da natureza da infância. Repito: é muito difícil compreender como os objetos ficaram ocultos no bosque por um período superior a um ou dois dias. E a partir disso há bons indícios para suspeitar que, a despeito da dogmática ignorância do *Le Soleil*, tais objetos foram, em uma data posterior, depositados onde foram encontrados.

"Mas há razões ainda mais fortes para acreditar nisso do que as que sugeri. Agora, peço-lhe que observe a disposição altamente artificial dos objetos. Na *primeira* pedra jaz a anágua; na *segunda*, a manta de seda; espalhados ao redor estavam a sombrinha, as luvas e um lenço com a inscrição 'Marie Rogêt'. Eis um arranjo *naturalmente* feito por uma pessoa pouco perspicaz cujo intuito era espalhar os objetos *com naturalidade*. Mas o arranjo não é *de fato* natural. Seria mais provável encontrar *todos* os objetos jogados no chão e pisoteados. Naquele caramanchão, teria sido quase impossível que a anágua e a manta pudessem permanecer sobre a pedra durante o roçar de corpos de muitas pessoas em plena briga. Foi dito que havia evidências de luta e que a terra estava pisoteada e os arbustos estavam quebrados, mas a anágua e a manta estavam como se tivessem sido colocadas em prateleiras. 'Os pedaços do vestido que foram rasgados pelos espinhos dos arbustos tinham cerca de oito centímetros de largura e quinze de comprimento. Pareciam faixas que tivessem sido rasgadas.' Aqui, por descuido, o *Le Soleil* empregou uma frase inadvertidamente suspeita. Os retalhos, como foi descrito, realmente 'pareciam faixas que tivessem sido rasgadas', mas de propósito e à mão. É um acidente dos mais raros que um retalho de um traje como a vestimenta em questão seja 'rasgado' por *espinhos*. Pela própria natureza do tecido, um espinho ou um prego que se prendesse à roupa a rasgaria retangularmente, dividindo o tecido em duas fendas longitudinais, em ângulo reto uma com a outra, as quais se encontrariam na extremidade onde o espinho entrou. Mas dificilmente se pode conceber que o tecido tenha sido 'arrancado'. Nunca vi nada assim, nem você. Para arrancar um pedaço do tecido, duas forças distintas, em direções diferentes, serão necessárias em quase todos os casos. Se o tecido tem duas extremidades, como um lenço, e se deseja arrancar-lhe uma tira, então, e somente então, uma só força será requerida. Porém trata-se de um vestido com uma só extremidade. Somente por milagre um espinho poderia arrancar um pedaço da parte interna da roupa, e *um só* espinho jamais chegaria a tanto. Mesmo quando há extremidades seriam necessários dois espinhos, puxando em sentidos opostos. Isso se a extremidade não tiver bainha. Se houver, não há qualquer possibilidade de arrancar-lhe um pedaço. Assim, podemos perceber os inúmeros e enormes obstáculos que impedem que retalhos de tecido sejam 'arrancados' por simples 'espinhos'. No entanto, somos solicitados a acreditar que mais de um retalho foi arrancado desse modo. E 'um dos retalhos era parte da bainha'! Outro retalho '*era parte do corpo da saia, e não da bainha*' – o que significa dizer que o retalho fora arrancado da parte interna do vestido, a qual não possui extremidades! É perfeitamente perdoável que não se acredite nessas coisas. Contudo, tomadas todas juntas, elas criam menos pretextos aceitáveis de suspeita do que a circunstância extraordinária de que os objetos tenham sido deixados no bosque por quaisquer *assassinos* que tenham sido cuidadosos o suficiente para pensar em remover o corpo. Entretanto, você não terá me compreendido corretamente se supuser que minha intenção é *negar* que o bosque tenha sido a cena do crime. Pode ter ocorrido um delito ali, ou mais provavelmente na casa da sra. Deluc. Mas trata-se, na verdade, de um ponto de menor importância. Não estamos tentando descobrir a cena, mas sim os perpetradores do crime. Minhas alegações, apesar de minuciosas, têm em vista mostrar, antes de mais nada, o disparate das declarações absolutas e precipitadas do *Le Soleil* e, principalmente, levá-lo, seguindo o caminho mais natural possível, a contemplar de outro modo a dúvida sobre o assassinato ter sido obra de uma *gangue* ou não.

"Reiteraremos esse assunto com a mera alusão aos detalhes fornecidos pelo legista interrogado no inquérito. Basta dizer que, após publicadas, as *inferências* dele a respeito do número de perpetradores foram devidamente ridicularizadas e consideradas injustificadas e infundadas pelos melhores anatomistas de Paris. Não que o crime *não pudesse* ter ocorrido como ele inferiu, mas ele não deixou espaço para a possibilidade de outras inferências.

"Reflitamos agora sobre 'os sinais de luta'. E permita-me indagar o que tais sinais supostamente demonstram. Uma gangue. Mas não demonstrariam, ao contrário, a ausência de uma gangue? Que espécie de *luta* pode ter ocorrido – que luta tão violenta e tão longa pode ter deixado 'sinais' por todo lado – entre uma moça indefesa e a suposta *gangue* de bandidos? Bastaria o silencioso aperto de braços fortes e estaria tudo terminado. A vítima ficaria totalmente subjugada. Neste ponto, leve em consideração que os argumentos incitados contra a ideia de que o bosque é a cena do crime se aplicam, em particular, apenas à ideia de que o bosque constitui a cena de um crime cometido por *mais de um indivíduo*. Somente se imaginarmos *um só* criminoso – e somente então – poderemos conceber uma luta de natureza tão violenta e obstinada que deixasse 'sinais' aparentes.

"E mais. Já mencionei a suspeita incitada pelo fato de que os objetos encontrados no bosque em *nenhuma hipótese* foram deixados ali. É quase impossível que essas evidências de culpa tenham sido acidentalmente deixadas no local. Houve suficiente presença de espírito, supõe-se, para remover o cadáver; ainda assim, uma evidência mais explícita do que o próprio cadáver (cujas características poderiam ser rapidamente obliteradas pela decomposição) é deixada exposta na cena da tragédia – refiro-me ao lenço com o *nome* da falecida. Se foi acidental, não se trata de obra de uma *gangue*. Só podemos imaginar que foi descuido de somente uma pessoa. Vejamos. Um indivíduo comete o crime. Ele fica sozinho com o fantasma da morta. Apavorado diante do corpo inerte à sua frente. O ímpeto da fúria passional acabou, e em seu coração abre-se espaço para o horror de sua façanha. Não tem a confiança que a presença de outros indivíduos inevitavelmente inspira. Está *a sós* com a morta. Trêmulo e desnorteado. No entanto, precisa livrar-se do cadáver. Carrega-o até o rio, deixando para trás as outras evidências de sua culpa, pois é difícil, senão impossível, transportar toda a carga de uma só vez, e será fácil retornar para buscar o que deixou. Mas na penosa caminhada até a água seus temores redobram. Os ruídos da vida o perseguem em seu trajeto. Várias vezes ouve ou imagina ouvir os passos de um observador. Mesmo as luzes da cidade o atemorizam. Contudo, após longas e constantes pausas de pura agonia, ele alcança a margem do rio e desfaz-se da sinistra carga – talvez com a ajuda de um barco. Que vantagens haveria – que punições o esperariam – fortes o bastante para fazer com que o assassino solitário retornasse pelo mesmo penoso e perigoso caminho até o bosque e ao encontro de suas horripilantes recordações? Ele *não* retorna, fossem quais fossem as consequências. Não voltaria nem mesmo se *quisesse*. Seu único pensamento é escapar imediatamente. Dá as costas àquela mata apavorante *para sempre* e foge dali como o diabo da cruz.

"Uma gangue faria o mesmo? O grupo lhes teria inspirado confiança, se é que vândalos contumazes precisam de confiança. E é somente de vândalos contumazes que as *gangues* se constituem. Estar em grupo, afirmo, teria prevenido os temores e o terror irracional que acredito ter paralisado o indivíduo sozinho. Supondo que um, dois ou três deles se descuidassem, um quarto cúmplice remediaria a situação. Não deixariam nada para trás, pois poderiam carregar *tudo* de uma só vez. Não haveria necessidade de *retornar*.

"Considere agora a circunstância em que 'da parte exterior das roupas, um retalho de cerca de trinta centímetros de largura fora rasgado para cima a partir da bainha inferior até a cintura, mas não foi arrancado. Ele dava três voltas ao redor da cintura e estava preso por uma espécie de laço nas costas.' Isso foi feito com a óbvia intenção de criar uma *alça* para arrastar o cadáver. Mas um *grupo* de homens cogitaria recorrer a tal expediente? Para um grupo de três ou quatro, carregar o corpo segurando-o pelos membros teria sido não só suficiente como mais fácil. Criar uma alça foi o artifício usado por um só homem, o que nos leva ao fato de que 'no caminho entre o bosque cerrado e o rio, as cercas foram derrubadas e o solo apresentava evidências de que algo pesado fora arrastado por ali.' Um *grupo* de criminosos iria dar-se ao trabalho inútil de derrubar uma cerca para arrastar um cadáver que eles poderiam levantar e *passar por cima* de qualquer obstáculo num instante? Um grupo de homens *arrastaria* um corpo de modo a deixar *rastros* evidentes?

"Devemos nos remeter a uma observação do *Le Commerciel*; uma observação sobre a qual em certa medida já comentei. 'Um pedaço das anáguas da pobre moça', afirma o jornal, 'de sessenta centímetros de comprimento e trinta de largura, foi rasgado, enlaçado ao redor do pescoço e amarrado na nuca, provavelmente para impedir gritos. Isso foi feito por indivíduos que não traziam lenços consigo.'

"Sugeri anteriormente que um arruaceiro genuíno *nunca* anda sem um lenço. Mas não é a isso que agora me refiro. Que a atadura não foi feita por falta de um lenço e pelas razões sugeridas pelo *Le Commerciel* fica aparente pela presença de um lenço entre os objetos achados no bosque. E que não se destinava a 'impedir gritos' nota-se a partir do fato de que a atadura foi usada em lugar daquilo que teria cumprido tal proposta de modo mais satisfatório. Contudo, no inquérito fala-se que o retalho em questão 'circundava o pescoço, bastante frouxo e preso por um nó firme'. São palavras bastante vagas, mas diferem muito do que disse o *Le Commerciel*. O retalho tinha 45 centímetros de comprimento; por isso, mesmo sendo de musselina, criaria uma atadura forte quando enrolado ou dobrado longitudinalmente sobre si. E foi encontrado assim. Minha dedução é a seguinte. O assassino solitário, após carregar o corpo até uma certa distância (do bosque ou de outro lugar) por meio da alça *amarrada* na cintura, percebeu que não tinha forças para carregar o cadáver. Resolveu então arrastá-lo – e as evidências mostram que o corpo *foi* arrastado. Com isso em mente, ele precisou atar algo como uma corda a uma das extremidades. O melhor lugar seria o pescoço, pois a cabeça impediria que o laço se desprendesse. E foi então que o criminoso pensou em usar a faixa amarrada ao redor da cintura. Ele a teria usado se esta não estivesse enrolada em volta do cadáver, se não estivesse atada por um *nó* e se tivesse sido 'rasgada' do vestido. O mais fácil era arrancar mais um pedaço das anáguas. Ele rasgou as anáguas, amarrou a tira rasgada em torno do pescoço da vítima e a *arrastou* até a margem do rio. O fato de que essa 'atadura' – feita com dificuldade e após contratempos, e cumprindo sua finalidade apenas parcialmente – foi empregada demonstra que a necessidade de usá-la surgiu no momento em que o assassino não dispunha mais de um lenço, ou seja, após deixar o bosque (se de lá o criminoso partiu), tal como imaginamos, no caminho entre o bosque e o rio.

"Você dirá que o depoimento da sra. Deluc (!) aponta especialmente para a presença de uma *gangue* nas redondezas do bosque mais ou menos na época em que o crime foi cometido. Concordo. Duvido que não houvesse pelo menos uma *dúzia* de gangues nas redondezas do Barrière du Roule no período em que a tragédia ocorreu. Mas a gangue que foi alvo de atenção – apesar do depoimento tardio e bastante suspeito da sra. Deluc – foi a *única* que esta honesta e escrupulosa senhora relatou ter consumido bolos e bebidas sem se dar ao trabalho de pagar-lhe. *Et hinc illae irae*?*

"Qual *é*, no entanto, o depoimento exato da sra. Deluc? 'Apareceu um bando de cafajestes, os quais se comportaram ruidosamente, comeram e beberam sem pagar, pegaram a mesma estrada que o rapaz e a moça, retornaram à pensão *perto do entardecer* e cruzaram o rio aparentando muita pressa.'

"Ora, essa 'pressa' muito possivelmente pareceu, aos olhos da sra. Deluc, uma pressa *maior* que a de fato ocorreu, pois ela vinha ruminando com rancor e desolação o roubo de seus bolos e bebidas – e é possível que ela nutrisse a esperança de que ainda viesse a ser compensada. Por que, senão por isso, uma vez que estava *entardecendo*, a sra. Deluc mencionaria a *pressa* da gangue? Não causa nenhuma surpresa que mesmo uma gangue de arruaceiros se *apresse* em voltar para casa quando é preciso cruzar um rio extenso em barcos minúsculos, há ameaça de tempestade e está *anoitecendo*.

"Digo *anoitecendo* porque *não era noite* ainda. Foi ao entardecer que a pressa indecente dos 'cafajestes' escandalizou os olhos cândidos da sra. Deluc. Mas foi dito que naquela mesma noite ela e seu filho mais velho 'ouviram os gritos de uma mulher nas cercanias da pensão'. E com que palavras a sra. Deluc designa o período da noite em que os gritos foram escutados? 'Foi *logo após cair a noite*', ela disse. No entanto, 'logo *após* cair a noite' já é *noite*. E '*ao*

---

* "Por isso sua indignação?" Em latim no original. (N.T.)

entardecer' certamente ainda é dia. Assim fica claríssimo que a gangue deixou Barrière du Roule *antes* que os gritos fossem ouvidos por acaso (?) pela sra. Deluc. E ainda que nos relatórios dos depoimentos as expressões em questão são distinta e invariavelmente empregadas da forma como as empreguei nesta conversa, nenhum dos jornais diários e nenhum policial observaram as óbvias discrepâncias.

"Acrescentarei mais um argumento contra a possibilidade de uma *gangue*. Mas *este* argumento tem, segundo me parece, um peso totalmente irresistível. Diante da oferta de uma enorme recompensa e do perdão ao cúmplice que delatasse seus comparsas, nem por um momento podemos conceber a ideia de que algum membro da gangue – ou de qualquer bando semelhante – já não teria há muito tempo traído seus companheiros. O integrante de uma quadrilha sob suspeita *teme mais uma possível traição* do que deseja impunidade ou recompensa. Delata seus cúmplices assim que possível para que ele mesmo não seja delatado. Que o segredo não tenha sido divulgado é exatamente a prova de que se trata, de fato, de um segredo. Os horrores dessa façanha perversa são conhecidos por apenas *um* ou no máximo dois seres humanos, e por Deus.

"Recapitulemos agora os escassos, porém indiscutíveis, frutos de nossa análise. Chegamos à conclusão de que houve um acidente fatal sob o teto da sra. Deluc ou de que um assassinato foi cometido nos bosques cerrados do Barrière du Roule, perpetrado por um namorado ou no mínimo por alguém íntima e secretamente associado à falecida. Esse sujeito tem a tez morena. Sua tez, o nó feito na atadura e o 'nó de marinheiro' nas alças do sutiã apontam para um marinheiro. Sua amizade com a vítima – uma moça festeira mas não degradada – indica que ele não era um simples marinheiro. As bem-escritas denúncias mandadas aos jornais corroboram esse dado. A circunstância da primeira fuga, como mencionada pelo *Le Mercurie*, tende a conectar esse marinheiro com o 'oficial da Marinha', que foi o primeiro a induzi-la ao erro.

"E aqui, com mais propriedade, surge a consideração da ausência desse sujeito de tez morena. Não seria uma tez morena comum o que constituiria o *único* aspecto de que tanto Valence e a sra. Deluc recordariam. Mas por que esse homem está afastado? Foi assassinado pela *gangue*? Caso tenha sido, por que há somente *vestígios* da *moça* assassinada? A cena dos assassinatos seria supostamente a mesma. E onde está o cadáver dele? Os criminosos teriam se livrado de ambos os corpos da mesma maneira. Mas podemos presumir que esse homem está vivo, e que o temor de ser acusado do crime o impede de aparecer. Isso poderia influenciar o comportamento dele agora, nesta fase das investigações, uma vez que testemunhas alegaram tê-lo visto com Marie, mas não o influenciaria na época do crime. O primeiro impulso de um inocente seria anunciar a tragédia e ajudar a identificar os assassinos. Tal seria a *conduta* recomendável. Ele fora visto com a moça. Cruzara o rio com ela em uma balsa a céu aberto. Até para um idiota denunciar os assassinos pareceria a maneira mais segura de livrar-se de suspeitas. Não podemos considerá-lo inocente e ao mesmo tempo desinformado, na noite do domingo fatídico, sobre a ocorrência de um crime naquela região. No entanto somente nesse caso é possível imaginar que, se estivesse vivo, ele deixaria de denunciar os criminosos.

"E que meios temos para chegar à verdade? Veremos à medida que prosseguirmos. Analisemos a fundo a questão do primeiro desaparecimento de Marie. Examinemos a história completa do 'oficial', incluindo sua situação presente e seu paradeiro no período do crime. Comparemos cuidadosamente as várias denúncias enviadas ao *Evening Paper*, cujo objetivo era incriminar uma *gangue*. Isso feito, comparemos essas denúncias, tanto no que diz respeito ao estilo como à caligrafia, às enviadas ao *Morning Paper* em uma data anterior e que insistiam tão veementemente na culpa de Mennais. Então, comparemos as várias denúncias com a caligrafia do oficial. Empenhemo-nos em averiguar, por meio dos interrogatórios da sra. Deluc e de seus filhos, bem como do motorista, Valence, algo mais sobre a aparência e o comportamento do 'homem de tez morena'. Interrogatórios dirigidos com habilidade não falharão em extrair das testemunhas informações a respeito desse aspecto particular (ou de outros) – informações que as próprias testemunhas talvez não saibam que possuem. E sigamos os rastros do *barco* resgatado pelo balseiro na manhã de 23 de junho e que foi removido das docas alfandegárias sem o conhecimento do funcionário em serviço e *sem o leme*, antes da descoberta do cadáver. Com a precaução e a perseverança apropriadas, infalivelmente encontraremos o barco, pois o balseiro não apenas pode indentificá-lo, como o *leme está por perto*. O leme de um *barco à vela* não seria abandonado sem hesitação por alguém com a consciência limpa. E neste ponto deixe-me fazer uma pausa para insinuar uma dúvida. Não se *divulgou* que o barco fora removido. Ele foi levado sem alarde até a doca, e dali retirado da mesma forma. Mas como é que seu dono ou usuário poderia saber sobre o paradeiro do barco recolhido no dia anterior, tão cedo na manhã de terça-feira, sem dispor de nenhuma informação, a não ser que imaginemos uma conexão com a *Marinha* – alguma ligação pessoal contínua que permitisse acesso aos mínimos eventos e acontecimentos internos?

"Ao me referir ao assassino solitário carregando o corpo até a margem, sugeri que ele pode ter feito uso de *um barco*. Podemos agora deduzir que Marie *foi* jogada de um barco. Naturalmente, é isso que deve ter acontecido. O cadáver não podia ser confiado às águas rasas das margens. As peculiares marcas nas costas e nos ombros da vítima remetem às balizas da superfície inferior do barco. O fato de o cadáver ter sido encontrado sem um peso preso a si também corrobora essa ideia. Se tivesse sido jogado da margem haveria necessidade de incorporar um peso ao corpo. Podemos explicar sua ausência apenas pela suposição de que o assassino se esqueceu de providenciar um peso antes de zarpar. Ao lançar o corpo ao rio ele sem dúvida percebeu seu equívoco, mas não dispunha de meios para remediá-lo. Qualquer risco teria sido preferível a voltar àquela execrável praia. Após livrar-se do aterrador fardo, o assassino apressa-se em dirigir-se à cidade. Ali, em algum cais obscuro, desembarca. Mas e o barco: o assassino o teria prendido? Estaria muito apressado para preocupar-se com algo como atracar um barco. Além disso, atracá-lo ao cais poderia parecer ao criminoso estar garantindo provas contra si. Seu pensamento natural seria livrar-se, o mais longe possível, de tudo que tivesse ligação com o crime. Ele não apenas se apressaria em deixar o cais, como não permitiria que *o barco* ali permanecesse. Com certeza soltaria o barco à deriva. Prossigamos com nossas suposições. Pela manhã, o infeliz é tomado por um indescritível horror ao descobrir que o barco fora encontrado e levado a uma localidade a qual frequenta diariamente – talvez um lugar ao qual sua ocupação o obrigue a frequentar. Na noite seguinte, *sem ousar perguntar sobre o leme*, ele remove o barco. Ora, *onde* está o barco sem leme? Descobrir seu paradeiro é um dos nossos principais propósitos. Ao primeiro sinal dele, a aurora de nosso sucesso terá início. O barco nos conduzirá, com uma rapidez surpreendente, àquele que o utilizou à meia-noite do fatal domingo. As corroborações se somarão umas às outras, e o assassino será encontrado."

[Por razões que não especificaremos, mas que parecerão óbvias a muitos leitores, tomamos a liberdade de omitir, dos originais que possuíamos em mãos, o *seguimento* da pista aparentemente insignificante indicada por Dupin. Julgamos oportuno declarar, em poucas palavras, que se atingiu o resultado almejado. E o delegado cumpriu fielmente, embora com certa relutância, os termos de seu acordo com o *Chevalier*. O conto de Poe é concluído nos parágrafos seguintes.]*

É evidente que falo de coincidências e *nada mais*. O que eu afirmei anteriormente a respeito deste tópico deve bastar. Em meu íntimo não há espaço para a fé no sobrenatural. Que a Natureza e Deus são entidades distintas ninguém inteligente negará. Que Deus, por ter criado a Natureza, pode, a seu bel-prazer, controlá-la ou modificá-la é também inquestionável. Digo "a seu bel-prazer" porque a questão é a vontade, e não, como a insanidade da lógica supõe, o poder. Não que a Divindade *não possa* modificar Suas próprias leis, mas sim que A insultamos ao imaginar a necessidade de tal mudança. Em sua origem essas leis foram engendradas com o intuito de acolher *todas* as contingências que o futuro *poderia* oferecer. Para Deus, tudo é *Presente*.

Repito, então, que falo dessas coisas como meras coincidências. E mais: em meus relatos será percebido que entre o destino da infeliz Mary Cecilia Rogers, até onde se sabe, e o de Marie Rogêt – até certo ponto de sua trajetória – existe um paralelo de exatidão tão extraordinária que, ao contemplá-lo, a razão acaba por confundir-se. Afirmo que tudo isso será percebido. Mas nem por um instante se suponha que, ao dar prosseguimento à triste narrativa de Marie, desde a época mencionada, e ao levar a um desfecho o mistério que a cercava, minha intenção velada tenha sido sugerir um prolongamento desse paralelo, nem sugerir que as medidas adotadas em Paris para encontrar o assassino de uma moça, ou medidas baseadas em um raciocínio parecido, produziriam resultados semelhantes. Deve-se ter em conta, no que diz respeito à última parte da suposição, que mesmo a mínima variação entre os fatos dos dois casos poderia levar aos maiores equívocos ao desviar completamente o curso dos dois eventos. Isso corresponde, na matemática, a

---

* O parágrafo entre colchetes é uma observação do editor da revista em que o conto foi originalmente publicado. (N.T.)

um erro de natureza insignificante que produz, por meio da multiplicação ao longo de todos os passos do processo, um resultado muitíssimo distante da verdade. E, em respeito à primeira parte da suposição, não podemos deixar de lembrar que o próprio Cálculo das Probabilidades a que me referi impede qualquer possibilidade de prolongamento do paralelo – com uma convicção forte e categórica proporcional à exatidão há muito já estabelecida desse mesmo paralelo. Trata-se de uma daquelas proposições anômalas que, mesmo aparentemente solicitando o pensamento não matemático, somente o raciocínio matemático pode plenamente cogitar. Por exemplo, nada é mais difícil do que convencer o leitor comum de que se um jogador de dados obtém o mesmo número duas vezes seguidas isso é suficiente para apostar na probabilidade maior de que aquele número não será obtido na terceira tentativa. O intelecto costuma rejeitar prontamente qualquer sugestão nesse sentido. Não fica evidente que os dois lançamentos feitos, e que agora pertencem ao Passado, podem influenciar um lançamento que existe apenas no Futuro. A probabilidade de lançar números idênticos aos dos primeiros dois lançamentos parece ser a mesma em qualquer momento, ou seja, parece estar sujeita somente à influência dos vários lançamentos que podem ser obtidos. É uma reflexão tão óbvia que qualquer tentativa de contradizê-la é recebida antes com desdenho do que com interesse respeitoso. Não pretendo expor tal equívoco – um erro crasso que beira o ridículo – dentro dos limites deste meu presente relato. E a teorização dispensa a necessidade de exposição. É suficiente afirmar aqui que esse equívoco constitui parte de uma série infinita de erros que surgem no caminho da Razão por meio de sua tendência a buscar a verdade *minuciosamente.*

COLEÇÃO **64** PÁGINAS

---

120 tirinhas da Turma da Mônica – Mauricio de Sousa
Antologia poética – Fernando Pessoa
A aventura de um cliente ilustre seguido de *O último adeus de Sherlock Holmes* – Sir Arthur Conan Doyle
Cenas de Nova York e outras viagens – Jack Kerouac
A corista e outras histórias – Anton Tchékhov
O diabo – Leon Tolstói
Fábulas chinesas – Sérgio Capparelli e Márcia Schmaltz
O gato do Brasil e outras histórias de terror e suspense – Sir Arthur Conan Doyle
Missa do Galo e outros contos – Machado de Assis
O mistério de Marie Rogêt – Edgar Allan Poe
A mulher mais linda da cidade – Charles Bukowski
O retrato – Nicolai Gogol

SÉRIE **L&PM** POCKET **PLUS**

24 horas na vida de uma mulher – Stefan Zweig
Alves & Cia. – Eça de Queiroz
À paz perpétua – Immanuel Kant
As melhores histórias de Sherlock Holmes – Arthur Conan Doyle
Bartleby, o escriturário – Herman Melville
Cartas a um jovem poeta – Rainer Maria Rilke
Cartas portuguesas – Mariana Alcoforado
Cartas do Yage – William Burroughs e Allen Ginsberg
Continhos galantes – Dalton Trevisan
Dr. Negro e outras histórias de terror – Arthur Conan Doyle
Esboço para uma teoria das emoções – Jean-Paul Sartre
Juventude – Joseph Conrad
Libelo contra a arte moderna – Salvador Dalí
Liberdade, liberdade – Millôr Fernandes e Flávio Rangel
Mulher no escuro – Dashiell Hammett
No que acredito – Bertrand Russell
Noites brancas – Fiódor Dostoiévski
O casamento do céu e do inferno – William Blake
O coronel Chabert seguido de A mulher abandonada – Balzac
O diamante do tamanho do Ritz – F. Scott Fitzgerald
O gato por dentro – William S. Burroughs
O juiz e seu carrasco – Friedrich Durrenmatt
O teatro do bem e do mal – Eduardo Galeano
O terceiro homem – Graham Greene
Poemas escolhidos – Emily Dickinson
Primeiro amor – Ivan Turguêniev
Senhor e servo e outras histórias – Tolstói
Sobre a brevidade da vida – Sêneca
Sobre a inspiração poética & Sobre a mentira – Platão
Sonetos para amar o amor – Luís Vaz de Camões
Trabalhos de amor perdidos – William Shakespeare
Tristessa – Jack Kerouac
Uma temporada no inferno – Arthur Rimbaud
Vathek – William Beckford

SÉRIE BIOGRAFIAS L&**PM** POCKET:

Albert Einstein – Laurent Seksik
Andy Warhol – Mériam Korichi
Átila – Éric Deschodt / Prêmio "Coup de coeur en poche"
    2006 (França)
Balzac – François Taillandier
Baudelaire – Jean-Baptiste Baronian
Beethoven – Bernard Fauconnier
Billie Holiday – Sylvia Fol
Cézanne – Bernard Fauconnier / Prêmio de biografia da
    cidade de Hossegor 2007 (França)
Freud – René Major e Chantal Talagrand
Gandhi – Christine Jordis / Prêmio do livro de história da
    cidade de Courbevoie 2008 (França)
Jesus – Christiane Rancé
Júlio César – Joël Schmidt
Kafka – Gérard-Georges Lemaire
Kerouac – Yves Buin
Leonardo da Vinci – Sophie Chauveau
Luís XVI – Bernard Vincent
Marilyn Monroe – Anne Plantagenet
Michelangelo – Nadine Sautel
Modigliani – Christian Parisot
Oscar Wilde – Daniel Salvatore Schiffer
Picasso – Gilles Plazy
Rimbaud – Jean-Baptiste Baronian
Shakespeare – Claude Mourthé
Van Gogh – David Haziot / Prêmio da Academia Francesa
    2008
Virginia Woolf – Alexandra Lemasson

UMA SÉRIE COM MUITA HISTÓRIA PRA CONTAR

Alexandre, o Grande, Pierre Briant | **Budismo**, Claude B. Levenson | **Cabala**, Roland Goetschel | **Capitalismo**, Claude Jessua | **Cérebro** Michael O'Shea | **China moderna**, Rana Mitter | **Cleópatra**, Christian Georges Schwentzel | **A crise de 1929**, Bernard Gazier | **Cruzadas** Cécile Morrisson | **Dinossauros**, David Norman | **Economia: 100 palavras-chave**, Jean-Paul Betbèze | **Egito Antigo**, Sophie Desplancque | **Escrita chinesa**, Viviane Alleton | **Existencialismo**, Jacques Colette | **Geração Beat**, Claudio Willer | **Guerra da Secessão**, Farid Ameur | **História da medicina**, William Bynum | **Império Romano**, Patrick Le Roux | **Impressionismo**, Dominique Lobstein | **Islã**, Paul Balta | **Jesus** Charles Perrot | **John M. Keynes**, Bernard Gazier | **Kant**, Roger Scruton | **Lincoln**, Allen C. Guelzo | **Maquiavel**, Quentin Skinner | **Marxismo**, Henri Lefebvre | **Mitologia grega**, Pierre Grimal | **Nietzsche**, Jean Granier | **Paris: uma história**, Yvan Combeau | **Primeira Guerra Mundial**, Michael Howard | **Revolução Francesa**, Frédéric Bluche, Stéphane Rials e Jean Tulard | **Santos Dumont**, Alcy Cheuiche | **Sigmund Freud**, Edson Sousa e Paulo Endo | **Sócrates**, Cristopher Taylor | **Tragédias gregas**, Pascal Thiercy | **Vinho**, Jean-François Gautier

L&PM POCKET ENCYCLOPAEDIA
Conhecimento na medida certa